小学館文庫

本を守ろうとする猫の話

夏川草介

小学館

目次

本を守ろうとする猫の話

序章　事の始まり

まず第一に、祖父はもういない。

冒頭からずいぶん乱暴な話であるが、どうやらこれは動かしがたい事実である。

この事実というやつは、朝になれば日が昇るし、昼になれば腹が減るのと同じくらいにどうにもならない事柄であって、目を閉じ耳をふさいで素知らぬ顔を決め込んだところで、祖父が戻ってくるわけではない。かかる厳しい現実を前にして、夏木林太郎《なつきりんたろう》はただ無言で立ち尽くしていた。

傍目《はため》にはまことに落ち着いた少年に見えたことだろう。葬儀の参列者の中には不気味に感じた者さえいたに違いない。唐突に家族を失った高校生というには、林太郎の態度はあまりに静かであったからだ。葬儀場の片隅で、じっと立ち尽くしたまま祖父の遺影を見上げているその姿は、どこか不可思議の感さえ漂っていたのである。

もっとも、林太郎がひときわ冷静沈着な少年であったわけではない。彼にしてみれば、単に物静かで、どこか浮世離れした超然たる空気をまとっていた祖父と、「死」という耳慣れない概念とがうまく結びつかなかったというに過ぎない。

変化に乏しい単調な日常生活を、飽きもせず倦《う》みもせず悠々と乗り越えていく祖父の生活には、死神とて容易に介入できないであろうと、ごく自然に考えていた林太郎にとって、唐突に呼吸をやめて横たわっている祖父のありようは、出来の悪い芝居か舞台でも眺めているような心地であったのだ。

実際、白い棺《ひつぎ》の中の祖父は普段の様子となんら変わるところはなく、ともすれば、ふいに何事もなかったかのように、

「さて」

とつぶやきながら起き上がり、石油ストーブで湯を沸かし、手慣れた動作で紅茶を淹《い》れる姿までが、なんの違和感もなく思い起こされた。思い起こされたにもかかわらず、事実はそうではなかった。

祖父は、いつまで経《た》っても目を開けなかったし、もちろん愛用のティーカップを手に取ることもなかった。ただ静かに、そしていくらか厳《おごそ》かに棺の中に横たわったまま

であった。

葬儀場には眠気を誘うような読経の声が淡々と継続し、ぽつりぽつりと行き交う弔問客は、ときおり林太郎に何か声をかけていく。

まず第一に、祖父はもういない。

ゆっくりとその事実が林太郎の胸の内に根をおろしていった。

「ひどい話だよ、じいちゃん」

ようやく漏れた小さなつぶやきに、答える声はどこにもなかった。


夏木林太郎は、一介の高校生である。

背は低めで、少し厚めの眼鏡をかけ、色白で無口で、運動神経が悪くて、格別得意な教科も好きなスポーツもないごく一般的な高校生である。

幼い頃に両親が離婚し、さらには母が若くして他界したため、小学校に上がる頃には祖父の家に引き取られた。以後はずっと祖父との二人暮らしだ。その境遇は、一介の高校生というにはいささか特異ではあるものの、本人にとっては、これもまた、自身の冴《さ》えない日常の一風景に過ぎない。

しかし、祖父が亡くなったとなると、話はいくらか難しくなってくる。

なんと言っても、祖父の死は唐突であった。

いつにもまして冷え込みの厳しいある冬の朝、常から早起きの祖父の姿がキッチンに見えず、不思議に思った林太郎が薄暗い和室をのぞき込んでみると、布団の中ですでに呼吸が止まっていたのである。苦しんだ様子も見えず、ただ彫像《ちょうぞう》のごとく眠っているような姿から、駆け付けた近所の医師は、おそらく突然の心筋梗塞で苦しむ間もなく逝ったのでしょうと告げた。

「大往生ですよ」と。

〃往《ゆ》く〃に〃生きる〃と書いて〃往生〃とは不思議な言葉だ、と、林太郎が場違いな感慨を覚えたのは、それだけ動揺していたということであろうか。

実際、医師は林太郎の境遇の困難さを正確に汲《く》み取ったようで、さしたる時間も経たないうちに、どこからともなく叔母と称する親戚が駆け付けてくれたのである。

死亡診断書の手続きから葬儀その他のセレモニーまで、人のよさそうな婦人は、てきぱきと手際よく進めてくれた。

見守る林太郎としては、いくら実感が湧かないとはいえ、少しくらい悲しそうな顔をしてみることも考えなかったわけではない。けれども、遺影を前にさめざめと涙を流す自分の姿は、どう考えても不自然であった。滑稽であったし、嘘《うそ》であった。きっと棺の中の祖父も、ほのかな苦笑を浮かべて「やめなさい」とたしなめるであろうことが容易に想像できた。

ゆえに林太郎は、最後まで静かに祖父を送り出したのである。

送り出したあとの彼の眼前には、心配そうな顔を向けている叔母とともに、一軒の店が残されていた。

負債と言うには当たらないが、遺産と言うほどの価値もない。

『夏木書店』という名のそれは、町の片隅にある一軒の小さな古書店であった。

「夏木、やっぱりここは、いい本を並べてあるよな」

林太郎の耳に、男の声が響いた。

林太郎は振り返りもせず目の前の大きな書架を眺めたまま、そうですか、と短く応じるのみだ。

眼前には、足元から天井までどっしりとした書架が据え付けられ、そこには無数の書籍が並んでいる。

シェイクスピアにワーズワース、デュマにスタンダール、フォークナーにヘミングウェイにゴールディング……、挙げればきりが無い世界中の骨太な傑作が、堂々たる威儀と威厳をにじませて、林太郎を見下ろしている。どれもこれも年季の入った古本だが、くたびれた感じがまったくないのは、日々の手入れを怠らなかった祖父の苦労の賜物《たまもの》であろう。

すぐ足元では、これまた年季の入った石油ストーブが赤く燃えさかっているのだが、勢いが良いわりに恩恵は少なく、店内はなかなかに肌寒い。しかし寒さがひときわ厳しく感じられるのは、気温のせいばかりではないと、林太郎もわかっている。

「とりあえず、この本とこの本。合わせていくらだ？」

問う声に、林太郎は軽く首をめぐらして目を細め、「三千二百円」と小さく答えた。

「すごい記憶力だな、あいかわらず」

苦笑したのは、同じ高校の一年先輩にあたる秋葉《あきば》良太《りょうた》だ。

背はすらりと高く、目元は明朗で、いかにも静かな自信があふれだすような余裕があるが、それが嫌味でない。実際、バスケット部で鍛えたがっしりとした肩の上には、学年トップの頭脳が乗っている。おまけに町の開業医の息子で、山のような習い事もこなしているから、林太郎とは、文字通りすべてが対照的な人物だ。

「お、これも掘り出し物だ」

秋葉は、そんなことを言いながら会計机の上に五、六冊の本を積み上げている。文武両道のこの先輩は、存外な読書家でもあり、夏木書店の数少ない常連客でもある。

「やっぱりいい本屋だよ、ここは」

「ありがとうございます。好きなだけゆっくり選んでいって下さい。閉店セールですから」

抑揚のない林太郎の口調は、本気なのかユーモアなのかが読み取りにくい。

一瞬口をつぐんだ秋葉は、少し控えめな口調で、

「大変だったな、じいさんの件」

書棚に目を戻し、いかにも本を物色しているような何気ない様子で続ける。

「ついこの前まで、悠々とそこで本を読んでたってのに、あんまり突然だ」

「同感です」

同感のわりには、愛想も会釈もなく、完璧な社交辞令の口調である。秋葉は格別気にした風もなく、書棚を見上げている後輩に目を向けた。

「しかし、じいさんがいなくなった途端に、無断で不登校を決め込むってのは感心しないな。みんな心配してるぜ」

「みんなって誰ですか。心配してくれるような友人に心当たりはありませんよ」

「なるほど、お前って、ほとんど友だちいないもんな。身軽でいいね」

あっさりと秋葉は肯定しつつ、

「けれどきっとじいさんは心配するだろ。心配のあまり成仏できなくて、今もそこらへんをふらふら漂ってるんじゃないか？　あんまり年寄りを困らせるもんじゃないぞ」

乱暴な言葉ではあるが、秋葉の声には、どことなく柔らかな気遣いがある。

夏木書店という縁があるためか、この優秀な先輩は、引きこもりがちの後輩を意外に気にかけてくれている。校内でもしばしば気さくに声をかけてくるし、なにより、この難しい時期にわざわざ書店を訪ねてきて居座っていること自体が、秋葉なりの配慮であることは明らかだ。

口をつぐんだままの林太郎をしばし眺めていた秋葉は、やがて、お前さあ、と語を継いだ。

「やっぱり引っ越しになるのか？」

林太郎は本棚を見上げたまま、たぶん、とうなずいた。

「叔母さんの家に引き取られる予定です」

「どこに行くんだ？」

「わかりません。行く先どころか、叔母さんの顔を見たこと自体、今回が初めてですから」

淡々とした林太郎の言葉は、淡々としているだけにかえって心情が読み取りにくい。

秋葉は、軽く肩をすくめてから、手元の本に目を落とす。

「それで閉店セールってわけか」

「そういうことです」

「こんだけいい蔵書の本屋はほかにはないんだけどな。いまどきプルースト全巻をハードカバーでそろえている店なんて滅多にない。ずっと探してた『魅せられたる魂』だって、ここで見つけたんだぜ」

「じいちゃんが聞いたら喜びますよ」

「生きてさえいてくれれば、もっと喜ばせてやれたのにな。俺もお前と友だちだと、気軽に貴重な本を手に入れられるから重宝してたんだぜ。それがいきなり引っ越しかよ」

秋葉の無遠慮な言葉は、気遣いの裏返しであるが、林太郎に気の利いた返答のできるはずもない。ただじっと書店の壁を見つめるのみだ。

そこには重厚な書籍の山。

いくら古書店とはいえ、いまどきこんなラインナップでよく経営が成り立っていたと感心するほど、流行《はや》り廃《すた》りと無縁な蔵書であり、絶版になった本も少なくない。秋葉の評価は、気遣いの部分を差し引いても十分に事実を含んでいる。

「いつ引っ越しの予定なんだ？」

「たぶん一週間後くらいです」

「たぶんって、相変わらず適当な奴だな」

「考えても仕方がありません。僕には選択権なんてないんですから」

「まあそうかもしれないけどさ」

再び軽く肩をすくめながら、会計机の横に張られた小さなカレンダーに目を向ける。

「来週っていうと、ちょうどクリスマスの時期だ。お前も大変だな」

「別に気にはなりません。先輩と違って特別な予定はないんです」

「言ってくれるね。いろいろ予定を組まなきゃいけない俺だって、結構大変なんだぜ。たまにはひとりでのんびりサンタクロースを待つ夜を過ごしてみたくもなるもんだ」

あははは、とひとしきり笑った秋葉《あき》だが、対する林太郎は「そうですか」とまったく静かな応答だ。秋葉はいくらか呆れ顔になって、ため息をついた。

「お前からしてみれば、今更がんばって登校する理由もないんだろうが、立つ鳥跡を濁さずってもんだ。それなりに心配している奴だって、クラスの中にはちゃんといるんだしさ」

ちらりと秋葉が目を向けた会計机の上には、数枚のプリントとノートが載っている。いわゆる欠席時の「連絡帳」である。

秋葉が届けたものではない。つい先刻、クラスの学級委員長を務める女生徒が持ってきてくれたものだ。

柚木《ゆずき》という名のそのクラスメートはすぐ近所に住んでいて、林太郎とは小学校以来の縁がある。ただ、男勝りのござっぱりとした性格で、無口で引きこもりの林太郎と格別親しいわけではない。

ノートを届けに来たときも、店の中でぼんやりと書棚を見上げている林太郎を見て、少女は無遠慮にため息をついたものだ。

〝ずいぶんのんきな顔で引きこもってるのね。大丈夫なの？〟

大丈夫？　と首をかしげる林太郎に、学級委員長はあからさまに眉を寄せ、すぐそばにいた秋葉に向けて、

〝先輩も一緒になって遊んでいていいんですか。バスケ部のみんなが探していました

よ〃

年配者に対しても物おじせずにそれだけ告げると、あっさり出て行ってしまった。

そのぶっきらぼうな態度は、いたずらな気遣いと同情にあふれた眼差《まなざ》しよりはずっと自然体で、いかにも柚木らしいと妙なことに感心したものである。

「相変わらず気迫のある学級委員長だな」

「責任感が強いんです。わざわざ自分で連絡帳まで届けなくてもいいのに……」

家が近いという理由もあって、直接訪ねてきてくれたのだろうが、吐く息も白くなるような季節に寄り道をさせられる彼女の方こそいい迷惑だろうと、林太郎は率直に同情している。

「それ、全部で六千円でいいですよ」

林太郎が立ち上がって告げると、秋葉は片眉をあげて、

「閉店セールってわりには、あんまり安くないじゃないか」

「一割引きです。それ以上は引きません。どれも名作ばかりですから」

「夏木らしいな」

笑って財布から紙幣を取り出した秋葉は、卓上に投げ出していたマフラーと手袋を手に取り、鞄《かばん》を肩に引っかけながら付け加えた。

「明日は学校来いよ」

普段と変わらない朗らかな笑顔を振りまいて、秋葉は店を出て行った。

にわかに、店内が静まり、気がつけば、格子戸の向こうはもう赤く染まってすっかり夕暮れ時だ。店の片隅では、灯油の切れかけたストーブが、じりじりとかすかな抗議の声をあげている。

そろそろ二階に上がって、夕食の支度をする時間だ。もともと祖父と二人暮らしをしていたときも夕食の準備は林太郎の役目であったから、それ自体は格別の仕事ではない。

けれども、林太郎はしばし戸口を眺めたまま動かなかった。

夕日がさらに傾き、ストーブが切れ、店内に冷気が満ち始めても、林太郎は身じろぎもしなかった。

第一章　第一の迷宮「閉じ込める者」

夏木書店は古い町並みにうずもれるようにして建つ、小さな店である。

その作りはいくらか独特なものだ。

入り口からまっすぐに奥へと延びる細長い通路があり、それを見下ろすように両側の壁を天井まで作り付けのどっしりとした書棚が埋めている。頭上には点々とレトロなランプがぶらさがり、磨き上げられた床板に反射して柔らかな光が満ちている。

中ほどに会計のための小さな机が置かれている以外に飾り気はなく、一番奥は無造作な板壁で行き止まりになっている。行き止まりにはなっているものの、明るい戸口から店内に入ると、実際より遥《はる》かに奥行きが深く見えて、一瞬、書物に囲まれた廊下が果てしなく奥の暗がりへと続いているように見える。

そんな店の真ん中で、小さなランプの下、静かに本を開いている祖父の姿は、熟練の洋画家が丹精込めて描いた枯淡の肖像画のように、独特の陰影を伴って林太郎の脳裏に焼き付いている。

「本には力がある」

祖父は、しばしばそんな言葉を口にしたものだ。

普段は無口で、孫にもほとんど言葉をかけない祖父も、本について話すときだけは、細い目をいっそう細めて、熱のこもった言葉を投げかけた。

「時代を超えてきた古い書物には、それだけ大きな力がある。力のあるたくさんの物語を読めば、お前はたくさんの心強い友人を得ることになる」

林太郎は改めて、小さな店舗の壁を埋める書棚を眺めやった。

そこには、流行のベストセラーもなければ、人気の漫画や雑誌の類もない。ただでさえ本が売れない時代に、これではとても生き残れないと、常連客から心配されたことも一度や二度ではなかったようだが、店を営む小柄な老人は、小さく会釈を返すばかりで、入り口近くを埋めるニーチェ全集も、古びたエリオットの詩集も動かそうとはしなかった。

そんな祖父の作り上げた空間は、引きこもりがちな孫にとっても貴重な安息場所であり、学校に居場所を見つけられない林太郎は、ここで片端から本を紐解《ひもと》き、夢中になって読みふけってきたのだ。

いわば林太郎にとっての避難所であり、駆け込み寺であった。そんな夏木書店を林太郎は数日のうちに離れなければいけない。

「ひどい話だよ、じいちゃん」

小さなつぶやきが漏れたとき、ふいに、りんと涼しげな音が聞こえて、林太郎は我に返った。

表の戸口に吊《つ》り下げた銀のドアベルが鳴ったのだ。

それはすなわち来客の合図でもあったが、「閉店」の札をさげた夏木書店に客のあるはずもない。だいたい戸外はすでにすっかり日が暮れて夜の闇に沈んでいる。秋葉先輩が店を出て行ったのはつい先刻であるはずだが、いつのまにかずいぶんな時間が過ぎていたようだ。

気のせいかと書棚に視線を戻しかけたとき、

「ひどく陰気な店だな」

そんな声が聞こえて、林太郎はぎょっとした。

振り返った戸口に、しかし人影はない。

「こうも陰気だと、せっかくの見事な蔵書まで色褪《いろあ》せて見える」

声が聞こえたのは、むしろ店の奥である。慌てて首をめぐらせた林太郎が見つけたのは、人の姿ではない。一匹のトラネコであった。

黄と茶の混じった縞《しま》模様の、ややどっしりとした体格の猫である。その色合いは、いわゆるチャトラと言うのだろうか、顔の上半分から背中にかけてはチャトラだが腹や足は真っ白なふっさりとした毛におおわれた大柄な猫だ。背後の薄暗さの中で、目だけが深い翡翠《ひすい》の色に輝いて、まっすぐに林太郎を見返している。

猫のしなやかな尻尾が揺れたところで林太郎はつぶやいた。

「猫？」

「猫で悪いか」

猫が答えた。

間違いなく猫が「猫で悪いか」と答えた。

呆気《あっけ》にとられた林太郎は、それでもなんとか持ち前の冷静さを発揮して、一度両目を閉じ、たっぷり三秒を数えてから開いてみた。

三色の明るい毛並み、ふさふさの尻尾、鋭く光る目と二等辺三角形の二つの耳。非の打ちどころのない猫である。

ぴくりとトラネコの長い髭《ひげ》が揺れた。

「目でも悪いのか、小僧」

遠慮会釈のない声である。

「そりゃまあ……」と林太郎はたどたどしく、

「視力はあまり良くないけれど、目の前にヒトの言葉を話す猫がいることはわかるよ」

「結構」

トラネコはいたずらに悠々とうなずいてから、語を継いだ。

「わしはトラネコのトラだ」

唐突な猫の自己紹介は、怪しいことこの上ない。それでもとりあえず林太郎は応じる。

「僕は夏木林太郎」

「知っている。夏木書店の二代目だ」

「二代目？」

耳慣れない言葉に、林太郎は困惑する。

「悪いけど、僕はただの引きこもりだよ。本のことならじいちゃんが詳しいけれど、じいちゃんはもういないんだ」

「問題ない。わしが用があるのは二代目だ」

ほとんど傲然たる口調でトラネコは告げ、わずかに細めた翡翠の目で林太郎をしっかりと見据えた。

「お前の力を借りたい」

唐突な言葉が、吐き出された。

「力？」

「そうだ、お前の力だ」

「力って何を……？」

「ある場所にたくさんの本が閉じ込められている」

「本？」

「オウムではあるまい。阿呆《あほう》のごとく、わしの言葉を繰り返すな」

ぴしゃりと平手打ちのごとく言葉が飛んできた。

呆気にとられている林太郎にかまわず、猫はゆるぎない語調で続けた。

「閉じ込められた本を助け出さねばならぬ。わしに力を貸せ」

二つの翡翠色の瞳が、ひときわ鮮やかに輝いた。

林太郎はしばし黙ってトラネコを見返し、それからゆっくりと右手を持ち上げて、眼鏡の縁に当てた。

彼が考え込むときの所作である。

よほど疲れているのだろうか……。

林太郎は目を閉じ、眼鏡の縁に手を当てたまま黙考した。

祖父の死と慣れない葬儀などで疲労が蓄積し、いつのまにか寝入って夢でも見ているに違いない。

そんな理屈を並べながら、そっと目を開いてみると、しかし眼前には一匹のトラネコが悠然と鎮座している。

これは相当参ってるな……。

そういえばここ数日はなんとなく書棚を眺めているばかりで、好きな読書も滞っていた。読みかけの『カンディード』はどこに置いただろう、などとどうでもよい思案が脳裏をよぎっていく。

「聞こえているか、二代目」

再びトラネコの鋭い声が聞こえて、林太郎は思考の沼から引きずりあげられた。

「もう一度言う。本を助け出すためにお前の力を借りたい」

「借りたいって言われても……」

林太郎は懸命に言葉を選びながら、

「悪いけど役に立つとは思えない。さっきも言ったけど、僕はただの引きこもりの高校生だよ」

椅子に腰かけたまま、林太郎はとりあえず生真面目に応じる。生真面目に応じさせるだけの迫力がトラネコにはある。

「問題ない。お前が、根暗で引きこもりの、たいした取り柄もないただの若僧だということは十分にわかっている。わかった上での頼み事だ」

ごく淡々と毒を吐く猫である。

「そこまでわかっているなら、何もわざわざ僕に頼むことはないよ。僕より頼りになるヒトは星の数ほどいる」

「それも言うまでもない」

「おまけにじいちゃんを亡くしたばかりで、結構気が滅入《めい》っているんだ」

「それも承知している」

「それなら……」

「お前は本が好きではないのか？」

トラネコの太い声が、ゆるやかに林太郎の軽口を遮った。ゆるやかではあったが、有無を言わせぬ気迫を備えていた。言葉の内容は意味不明であったが、迫力と貫禄《かんろく》が道理を駆逐していた。

翡翠の目がまっすぐに林太郎を見据えている。

「それは、もちろん好きだよ……」

「では何を迷うことがある」

トラネコの態度は、あらゆる点において林太郎より堂々としている。

林太郎はもう一度眼鏡の縁に手を当てた。

何が起こっているのかを彼なりに懸命に考えてみるのだが、理にかなった答えなど出てくるはずもない。状況は、まことにわかりにくい。

「大切なことは常にわかりにくいものだぞ、二代目」

猫が、林太郎の心を読んだように口を開いた。

「多くの人間がそんな当たり前のことに気がつかないで日常を過ごしている。〝物事は、心で見なくてはよく見えない。一番大切なことは目には見えない〟」

「驚いた……」

林太郎は軽く眉を開いた。

「まさか猫から『星の王子さま』の引用を聞くとは思わなかったよ」

「サン＝テグジュペリは好みには合わなかったか？」

「とても好きな作家のひとりだけど」

答えながら林太郎はすぐそばの書棚にそっと手を当てた。

「けれども『夜間飛行』が第一等だと思っている。『南方郵便機』だって捨てがたい」

「結構」

猫がにやりと笑った。その悠然たる態度に、懐かしさにも似た感慨を覚えたのは、なんとなく祖父に似た空気があるからであろうか。しかし祖父だとすれば、こうも饒《じょう》舌《ぜっ》ではない。

「力を貸してくれるか？」

再び投げかけられた問いに、林太郎は軽く首をかしげた。

「断ることはできるのかな？」

「可能だ」

猫の応答は迅速である。

しかし、と気むずかしい声が続けて言った。

「わしは深く失望するだろう」

林太郎は小さく苦笑した。

いきなり現れて力を貸せと言っておきながら、断れば失望するのだという。いちいちが条理に外れていながら、しかしそこに不快の念を覚えないのは、猫の飾り気のない言動によるものであろうか。

やはりなんとなく、祖父と似ているのかもしれない……。

林太郎は猫を見返して口を開いた。

「どうすればいいんだい？」

「ついて来ればよい」

「どこへ？」

「来たまえ」

猫はさらりと身をひるがえした。

音もなく足を進める先は、すっかり日の暮れた戸口ではなく、薄暗い店の奥の方だ。

林太郎に背を向けて確固たる足取りで歩いていく。戸惑いがちにあとに続いた林太郎は、数歩も進まぬうちに奇妙な感覚にめまいを覚えた。

夏木書店は奥行きの深い店である。しかしいくら深いと言っても、所詮街中の小さな古書店であるから、歩けばすぐに奥の板壁で行き止まりになる。

行き止まりのはずが、しかしその日は行き止まることなくどこまでも続いていたのである。

重厚な書架に挟まれた板張りの通路が延々と奥へ延びている。天井のレトロな作りのランプも点々と彼方《かなた》まで連なり、果ては見えない。書架に並んだ本は途中から明らかに見覚えのないものばかりだ。普通の装丁の現代書籍ばかりではない。古びた和装本から、牛革張りに金の箔押《はくお》しの入った見事な古書に至るまで、絢爛《けんらん》たる書物の廊下を成している。

「これはまた……」

呆気にとられた林太郎の口から、あまり意味のない言葉がこぼれ出る。

「怖気《おじけ》づいたか、二代目」と猫が首だけをめぐらせた。

「逃げ出すなら今のうちだ」

「いつのまにこんなに店の本が増えたのかと驚いただけだよ」

林太郎ははるか前方を見つめたままつぶやき、それから足元の猫へ視線を転じて肩をすくめた。

「これだけたくさんの本があれば、まだしばらくは楽しく引きこもっていられる。引っ越しを延期してもらうよう叔母さんに頼まないといけない」

「ユーモアの感覚は今いちだが、心がけは正しい。世の中には理屈の通らぬことや、理不尽なことが山のようにある。そんな苦痛に満ちた世界を生きていく上での最良の武器は、理屈でも腕力でもない。ユーモアだ」

古代の哲学者のような重々しい口調で告げたトラネコは、やがて静かに足を踏み出した。

「行くぞ、二代目」

力強い声に導かれるように、林太郎もゆっくりと歩き出す。

両側の書棚には見たこともない分厚い書籍が延々と並んで果てることがない。青白い光に包まれた不思議なその通路を、ひとりと一匹が音もなく進んでいく。

やがて辺りは徐々にまばゆい光に満たされていった。

明るい陽光と、風にゆったりと揺れるねむの木。

真っ白な光が消え去ったとき、林太郎が最初に目にしたのは、そんなのどかな景色であった。

足元には日差しを受けて白々と光る石畳が広がり、頭上を見上げれば、ねむの大木の枝が風に揺れるごと、きらきらとまばゆい光の粒子が降ってくる。その光の下に、

「門……」

林太郎は目を細めてつぶやいた。

すぐ目の前の、数段の石段を上った先に、瓦ぶきの豪壮な薬医門《やくいもん》がある。磨き上げられて艶光りする大きな一枚板の門扉が、独特の威圧感を発している。戸口には、名前のない表札。黒々とした日本瓦には、ときおり木々の隙間からこぼれ落ちる光の粒子が、振りまかれた水滴のようにきらめいてまぶしいほどだ。

左右を見渡せば、手入れの行き届いた黄褐色の築地塀《ついじべい》が切れ目なく連なっている。塀の前には木の葉ひとつ見えず、美しく広々とした石畳が、左右にこれまたどこまでも続いて果ては見えない。むろん無人だ。

「着いたぞ」

という声は、足元の猫のものだ。

「目的地だ」

「ここに本が？」

「閉じ込められている」

林太郎は改めて立派な表門とその頭上にしげるねむの大木を見上げた。巨木の枝に綿毛のような花があふれている。

たしか季節は十二月である。だとすればねむの花は奇異であるが、もとより一連の出来事がことごとく常識を無視しているのだから、今更門前の健気《けなげ》な花に難癖をつけるのも妙な話だと、林太郎は強引に得心した。

「すごい大邸宅だね。門だけでもうちの店くらいありそうだ」

「案ずるな、ただのはったりだ。門ばかりでかくて母屋は貧相な人間は、世の中にいくらでもいる」

「門も母屋も貧相な一高校生としては、門だけでもあやかりたいくらいなんだけど」

「悠長に愚痴をこぼしていられるのも今のうちだ。無事、本を解放できなかった場合は、お前はこの迷宮から抜け出すことができなくなる」

唐突な警告に、林太郎は絶句する。

「……聞いていないよ、そんなこと」

「むろんだ、先に告げればお前はついて来なかったであろう。世の中には知らぬ方が良いこともある」

「それはひどい……」

「ひどいものか。鬱々と阿呆のような顔で座り込んでいたお前に、どうせ失うものなど何もありはしないのだ」

ずばりと切り込む言葉が、無遠慮に辺りに響く。身も蓋もないとはこのことであろう。

林太郎はしばし、晴れ渡った空を見上げてからつぶやいた。

「動物虐待は僕の本意じゃないんだけれど……」

軽く眼鏡の縁を押さえてから、

「君の首根っこを捕まえて、全力で振り回したくなってきたよ」

「結構、その意気だ」

悠揚《ゆうよう》たる態度で応じた猫は、そのまま目の前の石段を上っていく。五段上ればそこが門前だ。慌てて林太郎はあとに従った。

「ちなみに帰れなかった場合はどうなる？」

「さてな。延々とこの長い築地塀の前を歩き続けることになるのかもしれんが、帰れなかったことは一度もないから実際のところは知るはずもない」

「ひどい話だ」

ほとんど呆《あき》れ顔で応じた林太郎は、巨大な木の扉の前に立って振り仰いだ。

「で、僕は何をすればいいんだい？」

「この邸宅の主人と話をする」

「それで？」

「対話の結果、相手が降参すればそれで終わりだ」

「それだけ？」

眉を開く林太郎に、猫はいたずらに重々しい口調で「もうひとつ仕事がある」と続けた。

「呼び鈴を押したまえ」

林太郎は言われたとおりにした。


門の向こうから、猫と林太郎を出迎えたのは、簡素な藍の着物に身を包んだ美しい女性であった。

落ち着いた挙措からは、相応の年配と思われるが、実年齢は推し量りがたい。ただ、身にまとった空気はどこか冷ややかで、伏し目がちの目元は感情が読み取りがたく、丸髷《まるまげ》に挿した赤い簪《かんざし》と陶器のような肌の白さが、精巧な日本人形を思わせる。

おおいに当惑した林太郎は、最初から出鼻をくじかれた按配《あんばい》だ。

「御用は？」

抑揚のない女性の声が響く。

戸惑う林太郎に代わって答えたのは猫である。

「ご主人に面会したい」

女性は生気のない瞳を足元のトラネコに向ける。

林太郎はひやりとしたが、女性は何事もなかったように猫に答えた。

「主人は多忙です。突然のご来客は……」

「とても大切な用件だ」

猫が臆面もなく声を遮る。

「しかも急ぎの用件でもある。取り次いでもらいたい」

「主人のもとには、毎日、急ぎの大切な用件のお客様がたくさん来ます。とてもお忙しい方です。テレビにラジオに講演と、多忙をきわめております。突然の訪問を受けられる生活ではありません。改めておいでください」

「そんな暇はない」

独特の気迫がこもった猫の声に、着物の女性は動きを止める。

「この若者が、本に関する極めて重大な話を持ってきた。そう言えば主人の態度も変わるはずだ」

猫のどこまでも高圧的な態度に、女性の方はしばし沈黙し、やがて、しばしお待ちください、と一礼したのち屋敷の奥へと姿を消した。

林太郎は猫に呆れ顔を向けた。

「誰が、〝極めて重大な話〟を持ってきたって？」

「細かいことを気にするな。はったりにははったりで立ち向かうことが肝要だ。話の内容など、中に入ってから考えればよい」

「本当に……」

林太郎は、一瞬言いよどんでから吐き出した。

「心強いよ」

やがて先刻の女性が再び姿を見せて、ひとりと一匹に頭をさげた。

お入りください、という抑揚のない声が門前に響いた。

門内は、林太郎が見たこともない大邸宅であった。

整然たる石畳を歩き、表玄関の格子戸を引いて広々とした三和土《たたき》で靴を脱ぐ。磨き上げられた白木の廊下から、日の差す縁側を抜け、渡り廊下を渡って隣屋へ移っていく。

廊下からは広大な回遊式の日本庭園が見渡せ、木々には鶯《うぐいす》がさえずり、刈り込まれた躑躅《つつじ》は今が盛りと咲き誇っている。ここも季節はでたらめだ。

「門ははったりで母屋は貧相だと言っていなかったっけ？」

「たとえの話だ。無駄口を叩《たた》くな」

林太郎と猫とのそんなささやき合いに、案内をする女性は一言も口を挟まない。

ついて行くうちに、景色はだんだんと姿を変え始め、純日本風の邸宅かと思われた屋敷は、奇怪な様相を呈し始めた。

白木の廊下がふいに大理石の階段に連なり、中国風のきらびやかな欄干から望む広大な庭園には、裸婦の彫像が立つ豪奢《ごうしゃ》な噴水が見下ろせる。竹林を描いた襖《ふすま》の先にシャンデリアの輝く広間があり、アール・デコ調のティーテーブルの上には極彩色の色絵の壺《つぼ》が飾られている。

「なんだか頭が痛くなってきたんだけど」

「同感だ」

トラネコが珍しく素直に同意した。

「世界中の物が手当たり次第、なんでも置いてある感じだね」

「なんでもあるように見えて何もない」

猫が禅問答のような応答をする。

「哲学も思想も趣味もない。どれほど外面は豊かに見えても、蓋を開けてみれば中身はただの借り物の寄せ集め。貧困のきわみと言うしかない」

「そこまでひどい言い方でなくてもいいと思うけど」

「事実は事実だ。それも、今の世の中ではごくありふれた、日常的に目にする事実だ」

「この屋敷は」と、前を行く女性が猫の声をやんわりと遮った。

「この屋敷は、主人の豊かな経験と深い見識によって彩られているのです。お客様方には、まだ理解が難しいかもしれませんね」

一瞬林太郎は冗談かなにかかと思ったが、前を行く女性の顔色は見えない。少なくとも口調からは、冗談の明るさは微塵《みじん》も感じられない。

奇妙に緊張感のある空気をまとったまま、一行はさらに奥へ奥へと進んでいく。

回廊、階段、渡り廊下と、歩いていく距離はなかなか尋常でない。その間に、象牙の彫刻、水墨画、ヴィーナスの胸像に日本刀と、わけのわからない取り合わせの装飾品が視界に入ってくる。進行方向は不規則に変わり、混沌《こんとん》とした景色の中で、どこにいるのかさっぱりわからなくなってくる。

途中、女性が「大丈夫ですか？」と何度か肩越しに振り返ったが、林太郎たちに選択の余地はない。

「今さら帰れと言われても、無事出口まで戻れる自信がないんだけど」

「心配するな、二代目」とトラネコが軽く林太郎を見上げて、

「わしも戻れる自信はない」

単純なことをもったいつけて言う猫である。

やがて長い旅路にも終わりが来た。

赤い絨毯《じゅうたん》を敷き詰めた廊下を進んで、突き当たりにある市松模様の本襖の前で女性は足を止めた。

「お疲れさまでした」

女性はそう言って、静かに引き手に手を添えた。添えた途端にするりと襖が開き、開いた先にあった空間に、林太郎は思わず目を見張った。

壁、床、天井のことごとくが白一色の巨大な空間であった。

遠近感がわからなくなりそうなその配色もさることながら、広さが尋常ではなかった。天井は学校の体育館かと思われるほど高く、背後の壁以外の三方は、果てが見えないから、どれくらいの広さであるのかまったく想像がつかない。

その真っ白に塗り込められた巨大空間を埋め尽くしているのは、整然と配列された白いショーケースだ。林太郎の背丈より高い大きなガラス張りのケースが、何十列にもわたってずらりと並んでいるのだが、目の前の一列さえ、その奥行きの切れ目は見えない。

しかし林太郎がなによりも驚いたのは、そのケースの列の異様な長さもさることながら、中に並べられているものがすべて本であったからだ。

数段に分かれたケースの中は、ことごとく平置きにされた本が埋め尽くし、それが視界の彼方まで連なっているのである。巨大な書庫に、どこまで本が収納されているのかは定かでないが、見える範囲だけでも常軌を逸した蔵書の数であることは疑いない。

「すごい……」

林太郎はガラス張りの書棚に沿って歩きながら、ほとんど圧倒されるようにつぶやいていた。

中の本は、分野も時代も実にバラエティに富んでいる。

文芸、哲学、詩、書簡、日記などのあらゆるジャンルの書が、圧倒的な質と量で広大な空間を埋め尽くしている。

しかも書籍は、どれも新品かと思われるほど美しく、皺《しわ》ひとつない。

要するに見事と言うしかない。

「こんなすごい蔵書は初めて見た……」

「褒めていただいて光栄だね」

鋭く響いた声は、書棚のはるか向こうから聞こえてきたものだ。

入り口まで戻ってきた林太郎は、「こっちだ」という声に導かれて、書棚と書棚の間をのぞき込みながら歩き、十数列を数えたところで、白い椅子に腰かけたひとりの背の高い男性を見つけた。

磨き上げられた床と同じくらい真っ白いスーツを着た長身の男性である。小さな回転椅子に腰かけ、組んだ膝の上の大きな本に視線を落としている。男の座っている場所から奥の棚にはまだ本が並んでいない。つまりはそこが、この巨大な書庫の最深部ということであろう。

「ようこそ、我が書斎へ」

男が軽く首を動かして林太郎に目を向けた。

柔和な微笑と、対照的に鋭い視線が、洗練された挙措の中に見事に統一されている。

林太郎は、先ほど女性が、テレビやラジオという言葉を口にしていたことを思い出した。そういう仕事がいかにも板についているといった様子の人物だ。

「見るからに頭の良さそうな人って感じがするんだけど」

「最初から気圧《けお》されてどうする。覚悟を決めたまえ」

林太郎の頼りないつぶやきを、猫は一蹴する。

男の方は、鋭利な視線を林太郎と猫とに素早く走らせてから口を開いた。

「君かな。〝本に関する極めて重大な話〟というのを持ってきてくれたのは」

「はあ」と林太郎が間の抜けた返答をしたとたん、男の目元に明らかに冷ややかな光がひらめいた。

「すまないが、私は忙しい身でね。突然訪ねてきて挨拶も自己紹介もせずぼんやりと突っ立っているだけの少年と、のんびり会談を楽しんでいる余裕はないのだよ」

「すみません、夏木林太郎と言います」

林太郎は慌てて姿勢を正し、「失礼しました」と一礼した。

「なるほど」と短く答えた男は、鋭い目を細めつつ、

「では大事な話とやらを聞かせてもらおう。本に関する重大な話となると、私も興味がないでもない」

にわかに本題に突入されても林太郎は答えようがない。重大な話など最初からあるはずもないのだ。慌てて猫に目を向けると、白い髭がゆらりと動いた。

「本を解放してもらいに来た」

男は細めた目を一層細めて、猫を見下ろした。

瞳の奥に容赦のない威圧の光がある。

「今言ったとおり、私はとても忙しい身だ。テレビ、ラジオの出演に講演、執筆とやるべきことが山のようにある。その多忙な中でなんとか時間を捻《ひね》り出して、あらゆる世の中の本に目を通すことにしている。すまないが妄言に付き合っている暇はない」

男は深々とため息をついてから、これ見よがしに腕時計に目を向けた。

「もう貴重な二分を浪費してしまった。用が済んだなら帰りたまえ」

「何も話は済んでいない……」

「さっきも言ったがね」

食い下がるトラネコを、男は不快げな目で睨《にら》み返した。

「私はとても忙しい。ノルマの百冊のうちまだ六十五冊しか読めていないのでね。帰ってくれたまえ」

「百冊？」

思わず声をあげたのは、林太郎の方である。

「一年に百冊も読むんですか？」

「一年ではない、一か月だ」

男は大げさな動作で、ぱらりと膝の上の本をめくりながら、

「ゆえに私はとても多忙だ。少しでも我が身に役立つ話が聞けるのかと思えばこそ、迎え入れたのだが、判断ミスだった。これ以上邪魔をするのであれば力ずくで追い出さなければいけない。もっともこの部屋から放り出されたところで、無事出口まで君たちが帰りつけるかどうかは、私の与《あずか》り知らないところだがね」

最後の言葉は、背筋の寒くなるような酷烈な響きを帯びていた。

唐突な沈黙が舞い降りるなか、男がぱらりぱらりと本をめくる乾いた音だけが響く。トラネコが剣呑《けんのん》な目を向けているが、無論そんなもので動じる相手ではないようだ。まるで訪問客のことなど忘れてしまったように男は本に視線を落としている。

取りつく島もない冷然たる空気の中で、林太郎の目は思わず知らず書棚を物色して

いる。

並べられた書籍は実に多種多様であるが、言葉を変えればほとんど手当たり次第だと言ってよい。一般的な書籍だけでなく、雑誌、地図、辞典といった類まで、順序も分野もおかまいなく陳列されている。

夏木書店にも並外れた蔵書があるが、そこにはどことなく祖父なりの哲学のようなものが感じられた。それに対して、眼前の書棚にはすべてがそろえられているようで、逆に混沌としたつかみどころのなさがある。

さらにぱらりとページがめくられたとき、林太郎はそっと口を開いていた。

「ニーチェも全部読んだんですか」

林太郎はすぐ後ろ側の書棚に目を向けている。『ツアラトゥストラ』をはじめとして代表的著作から書簡集にいたるまでの名品がガラスケースの中に並べられている。

「僕もニーチェは好きです」

「世の中にはニーチェが好きだと言っている人間は山のようにいる」

相変わらず本から顔をあげようともせず男が答えた。

「けれども本当に彼の作品を読んでそう言っている人間は数えるほどしかいない。片言の格言や骨抜きにされた要約だけを見て、流行《はや》りのコートのようにニーチェを着こなしている。君もその口かね？」

「〝本をめくることばかりしている学者は、ついにはものを考える能力を喪失する。本をめくらないときには考えなくなる〟」

林太郎の言葉に、男がゆったりと本から顔をあげた。林太郎は慌てて語を継いで、

「ほんと、ニーチェって嫌な奴ですよね。だから好きなんですけど」

そんな頼りない対話相手を、男はしばし見つめたまま微動だにしない。

侮蔑《ぶべつ》と冷淡に染め抜かれた目に、しかしわずかに興味深げな光が浮かんでいる。

やがて、その白い手が膝の上の大きな本を閉じた。

「よかろう。少しくらいは時間をつくろう」

凍り付いていた空気が少しだけ和らいだように感じられた。

猫が少しだけ驚いたように林太郎に目を向けたが、林太郎の方はそれに応じている余裕はない。

男が改めて向き直ったことでにわかに重苦しい圧力を感じた林太郎は、逃げ出したくなる心地を振り払うように、声を張り上げた。

「あなたがたくさんの本を閉じ込めている。そう聞いてここに来ました」

「伝聞で物事を判断してはいけない。自分の目で確かめたまえ。私はただ本を読み、

読んだ本を一冊ずつここに大切に保管しているだけだ」

「読んだ本？　ここにある本は全部読んだ本ですか」

「無論だ」

見たまえ、と男は腕を伸ばしてホールのような空間全体を示した。

「君が入ってきたあの入り口の棚から、私がいるここまでの本で、しめて五万七千六百二十二冊。今日までに私が読んだ本だ」

「五万……」

絶句する林太郎に、男が薄い笑みを浮かべる。

「驚くことはない。私のように時代をリードする識者は、常に大量の書籍を読み続けることで、己の知識や哲学を鍛え続けていく必要がある。言い換えれば、ここに並べられた数々の書籍たちが、今の私を支えてくれているということでもある。本はいわば私の大事なパートナーなのだ。ゆえに君たちのわけのわからない言いがかりには、大変に困惑しているのだよ」

ゆったりと長い足を組み、男は傲然と林太郎を見返した。ほとんど吹き倒すような強烈な自負と自信が無言の圧力となって押してくる。

それでも林太郎が踏みとどまったのは、息苦しい圧迫感以上に、純粋な当惑があったからだ。

「でも、こんな風に本を並べておくなんて……」

書棚はがっちりとガラス戸を閉じられていて、取っ手にはご丁寧に南京錠までぶらさがっている。

猫が言う「本を閉じ込めている」という言葉の正確な意味は林太郎にはわからないが、少なくとも普通の蔵書の置き方ではない。美しいけれども息苦しい。要するに、

「不自然ですよ」

男が眉を寄せた。

「私にとっては大切な本たちだ。私は本を愛していると言ってもいい。そんな宝物をしまっておくのに、鍵をかけてなにが不自然なものかね」

「でもこれだと本というより美術品みたいです。立派な錠までかけて、自分の本なのに、手に取ることだって容易じゃない」

「手に取る？　なぜ？　一度読み終えた本なのに」

眉を寄せた男の様子に、林太郎の方が戸惑う。

「一度読んで終わりではないでしょう。また読み返すことも……」

「読み返す？　君は馬鹿なのか？」

吐き捨てるような一言が響き渡った。

白いスーツの男は、長い指をそっとガラスに伸ばしながら、

「君はなにも聞いていなかったのかね？　私は毎日新しい本を読むことに忙しい。毎月のノルマを達成するだけでも大変なのだ。一度読んだ本を二度も読み返す暇などないのだよ」

「二度と読まない？」

「当たり前だ」

絶句している林太郎に、男は心底呆れたように頭を左右に振った。

「君の馬鹿さ加減は、君の若さによるやむを得ないものだと考えることにしよう。そうでなければこの三分間の対話の無意味さに絶望的な気分になる。いいかね。世の中には山のように本がある。数えきれないほどの作品が過去に生み落とされ、さらに今も生み出され続けている。ひとつの本を何度も読み返している暇などありはしないのだ」

滔々《とうとう》と繰り出される言葉が広大なホールに反響する。林太郎はめまいにも似た不快な浮遊感を覚える。

「世の中には読書家と呼ばれる人間は山のようにいる。けれども私のような立場にあ

る人間は、より多くの本を読むことが求められている。一万冊の本を読む人間より二万冊の本を読む人間の方が価値が高いのだ。ただでさえ山のように読むべき本があるというのに、一冊の本を繰り返し読み返すなど、時間の浪費以外の何物でもあるまい」

わかるかね？　と細めた男の目には刃物のような怜悧《れいり》な光がある。ほとんど狂気にも似た圧倒的な自信の光だ。

林太郎は口をつぐんで男を見返した。

畏縮や恐怖のためではない。単純な驚きが言葉を失わしめたのだ。

男の言うことは、理屈が破綻しているわけではない。

ひとつひとつのブロックがいくらいびつに見えても、それらが隙間なく並んで大きな壁をつくっている。論理は成立し、そのことを男自身も自負しているからこそ、この揺るぎない言葉が生み出されるのだ。

〝本には力がある〟

それは祖父の口癖だ。そして目の前の男も、本によって自分は支えられてきたのだと告げた。本には大きな力があるという意味では、男の言っていることも同じように聞こえる。

しかし、と林太郎は眼鏡の縁に右手を当てた。

何かが違うという思いがある。男の言葉にはどこかに歪《ゆが》みがある。

祖父であれば、林太郎の疑問にいつもの落ち着き払った声で答えてくれたであろうか。

「私はとても忙しい」

再び男が口を開いた。と同時にゆったりと椅子を回転させ、書棚に向き直った。その膝の上で再び本を開きながら、右手を伸ばして戸口を示した。

「帰りたまえ」

林太郎は答える言葉を持たなかった。

猫もただ重苦しい沈黙を噛《か》みしめただけであった。

男はもう林太郎たちに一切の興味を失ったように、本の頁《ページ》をめくり始めている。

ぱらりぱらりと乾いた音が巨大な白いホールに響く。と同時に、すっ、と乾いた音がしたのは、入り口の白い戸襖が開いたからだ。戸の向こうには、ここまで来たときのような案内の人影はない。真っ暗な闇が戸口の先を満たしている。なにかぞっとするような冷気を感じて、林太郎は軽く身震いした。

「考えるんだ、二代目」

ふいに猫が告げた。

「奴が手ごわいのは、その言葉に真実があるからだ」

「真実？」

「そうだ。この迷宮では、真実の力がもっとも強い。そこに信念がくわわれば、どれほど歪んでいても容易に倒れない。だがすべてが真実ではない」

猫はゆっくりと一歩を前に踏み出した。

「必ず弱点はある。奴は巧妙に言葉を積み上げているが、すべてが真《まこと》ではない。必ずどこかに嘘がある」

「嘘か……」

ふいにふわりと空気が動いて、林太郎は入り口を振り返った。

黒々とした闇の向こうから風が吹いている。いや、風は闇の中へ流れ込んでいる。林太郎たちを吸い込むようにゆったりと動いた風は、徐々に、だが確実に勢いを持ち始めている。風の流れる先は、得体の知れない虚無の渦だ。林太郎の背中を冷たいものが流れた。

視線を戻せば、男はまるで何事もなかったかのように本に没頭している。もうすぐ読み終わるのだろうか。大きなその本ももう最後の方だ。そして読み終えた本はこの混沌とした書庫を飾る新たな一冊として、きらびやかなガラスケースに収められる。戸には鍵がかけられて、二度と手に取られることはない。

なるほど、本は確かに、ここに閉じ込められているのだ。

うなりを上げ始めた風の中で、猫が何事か告げたが、林太郎は答えなかった。ただ視界を埋める膨大な数の本を見つめ続けていた。

やがて、

「嘘なら確かにある」

小さなつぶやきのような声であった。けれども、男の肩がぴくりと動いた。

「嘘はたしかにあるよ」

もう一度、今度ははっきりと告げたとき、男はゆっくりと首をめぐらせて林太郎を見た。突き刺すような目に、林太郎はしかしたじろがなかった。

「あなたは嘘をついている。あなたは本を愛していると言った。けれどもそれは事実じゃない」

「面白いことを言う」

男の反応は、不自然なくらいに早かった。

「若者よ。私の逆鱗《げきりん》に触れる前に、早くその目障りな猫をつれて帰りたまえ」

「あなたは本を愛してなどいない」

林太郎が重ねて告げた。

端然《たんぜん》と構えて見返す林太郎に、男はわずかにたじろいだようであった。

「なにを根拠に……」

「見ればわかります」

林太郎の声が、思いのほかに力強く響いた。そのことに林太郎自身が驚いたが、しかし言葉が自然にあとに続いた。

「ここには確かにすごい数の本がある。本の種類もその分野の広さも尋常じゃないし、今では目にすることもあまりない貴重な古書もある。でもそれだけです」

「それだけ？」

「たとえばこの十冊の『ダルタニャン物語』」

林太郎はすぐ右手の書棚にずらりと並んだ十冊の美しい装丁の本を示す。白地に金の入った爽やかな表紙に力強い表題が並ぶ。アレクサンドル・デュマの描いた一大巨編が美々しくそこに鎮座している。

「こんなにそろって目にする機会はめったにないけれど、十冊すべてにほとんど開いたあとがない。大きな本ですよ。よほど大事に読んだって折り目くらいはつくでしょう。けれども今届いたばかりのようであんまり綺麗《きれい》です」

「私にとって本は宝物なのだよ。一冊一冊を大切に読み解き、読み終えた物からここに並べていくことは日常的な私の習慣であり、楽しみでもある」

「それならなぜ、十一巻はないんですか？」

林太郎の言葉に、男はわずかに眉を動かした。

「『ダルタニャン物語』は全十一巻のはずです。最終巻の〝剣よ、さらば〟が抜けています」

男は口をつぐんだまま、彫像のごとく動かない。

林太郎はかまわず続けて、今度は右手を示す。

「あそこにあるロランの『ジャン・クリストフ』だって、上下巻がそろって見えるけど、本来は中巻も入れて三冊のはず。こちらの『ナルニア国ものがたり』も、〝馬と少年〟の巻がない。本は宝物だって言っているわりに、ずいぶんと中途半端な並べ方だ。つまり、なんでもそろっているように見えて、よく見るとこの本棚はまともじゃない」

林太郎は淡々とした口調のまま、広大なホールの天井を見上げた。

いつのまにか風の流れが弱まっていた。

「ここは、大切な本を置いておく書棚じゃない。手に入れた本を誇示するためだけの、ただのショーケースです」

林太郎は少し考えてから、男を見返した。

「本を愛している人は、こういう扱い方はしないものですよ」

林太郎の脳裏には、静かに頁をめくる祖父の横顔が浮かんでいる。

大切な本を何度も何度もすり切れるまで読み返し、ゆったりとその物語の中に身を横たえて満足げに微笑む祖父の姿だ。

祖父は、書店の本をとても大切に扱ってはいたが、それは飾り付けることが目的ではなかった。祖父がつくったのはきらびやかで美々しい空間ではなく、いくらか古びていても手入れの行き届いた、ふと手を伸ばしたくなる書棚であった。だからこそ林太郎は多くの本を手に取ることができたのだ。

そんな書棚を守りながら、あるとき祖父が投げかけた印象的な言葉があった。

「たくさんの本を読むことはよい。けれども勘違いしてはいけないことがある」

林太郎がふいにこぼした声に、白いスーツの男はわずかに身じろぎをしただけだ。応じる声はなく、張り詰めた静寂の中で、林太郎は少しずつ思い出すように語をつないだ。

「本には大きな力がある。けれどもそれは、あくまで本の力であって、お前の力ではない」

もうずいぶん以前の話である。

林太郎が学校を休みがちになり、がむしゃらに夏木書店の書棚をあさっていた頃のことだ。学校に嫌気がさしていた林太郎は、本の壁の中に閉じこもり、しだいに外界に対して興味を失って活字の世界だけに没入していった。そんな孫に、無口な祖父は珍しく言葉を重ねて告げた。

〝ただがむしゃらに本を読めば、その分だけ見える世界が広がるわけではない。どれほど多くの知識を詰め込んでも、お前が自分の頭で考え、自分の足で歩かなければ、すべては空虚な借り物でしかないのだよ〟

難しい言葉の連なりに首をかしげる孫を、祖父は静かな瞳で見返しながら、

〝本がお前の代わりに人生を歩んでくれるわけではない。自分の足で歩くことを忘れた本読みは、古びた知識で膨らんだ百科事典のようなものだ。誰かが開いてくれなければ何の役にも立たない骨董品《こっとうひん》に過ぎない〟

祖父は孫の頭をそっと撫《な》でながら付けくわえた。

〝お前はただの物知りになりたいのか？〟

祖父の発した静かな問いに、林太郎はなんと答えたのか覚えていない。

ただ、しばらくして再び学校に通い始めたことは事実であった。

その後もしばしば本の世界に閉じこもりがちになる孫に、祖父はいつもゆったりとティーカップを傾けながら告げたものだ。

〝読むのはよい。けれども読み終えたら、次は歩き出す時間だ〟

それは、不器用な祖父なりの孫への精一杯の導きの言葉だったのではないかと、今さらながら林太郎は思うのである。

「それでも私は」と、ふいに白いスーツの男が口を開いた。

「無数の本を積み上げ、そのことによって現在の地位を築いてきたのだ。より多くの本は、より大きな力を生む。私はその力によってここまできた」

「だからわざわざ鍵をかけて、本の力がまるで自分のものになったかのように、誇示しているんですね」

「なんだと？」

「自分は偉いんだ、と。こんなにたくさんの本を読んだんだと周りの人に知ってもらうためにわざわざこんな大げさなショーケースを用意したということですか」

「黙りたまえ」

男はもはや悠々と足を組んでなどいなかった。膝の上に開かれたままの本には見向きもせず、険しく林太郎を睨み返していた。

「君のような若僧に何がわかるというのかね」

男の額に、いつのまにかいくつもの小さな汗が光っていた。

「一冊の本を十回読む者より、十冊の本を読む者の方が敬意を集める世の中だ。社会で大切なことは、たくさんの本を読んだという事実だ。読んだという事実が人々を魅了し惹《ひ》きつけるのではないか。違うかね？」

「違うのか、違わないのか、僕にはわかりません。僕が話しているのは、そういうことじゃないんですから」

「なに？」

男は面食らったようであった。

「社会が何を求めているとか、どんな人が敬意を集めるとか、僕はそんな話をしているんじゃありません」

「ではなにを……？」

「僕はただ、あなたは本を愛していないと言っただけです。あなたは自分を愛しているだけで、本を愛しているわけじゃない。さっきも言ったはずです。本を愛している人は、こういう扱い方はしないものですよ」

再び静寂が舞い降りていた。

男は膝の上の本に手を置いたまま、声なく呆然《ぼうぜん》と座り込んでいた。あれほど不遜に見えた男が、今は一回り小さくなって見えた。

わずかに揺らいでいた風も、いまはぴたりと凪《な》いで完全な静止の中にあった。振り返れば大きく開け放たれていた戸襖もいつのまにか閉じられている。

「君は……」

ずいぶん時間を空けてから男は何か言いかけてすぐ口をつぐみ、それからさらに沈黙を置いてから、ようやく言うべき言葉を見つけたかのように吐き出した。

「君は本が好きか？」

林太郎が戸惑ったのは、唐突な問いのためではない。白いスーツの男が投げかけてきた目元に、真摯な光を見たからだ。先刻までの冷ややかさや強圧的な態度とは異なる、思慮と孤独と寂寥《せきりよう》とを湛《たた》えた深い光だ。

「それでも君は、本が好きかね？」

それでも、という短い一語にたくさんの思いが込められていた。そのたくさんの思いを少なからず汲《く》み取ったからこそ林太郎ははっきりと答えた。

「好きですよ」

「私もだ」

ふいに男の声が和らいだように聞こえた。いたずらな冷ややかさは鳴りを潜め、どこか気高い響きさえ感じられた。

戸惑う林太郎の耳に、にわかにさらさらと、風が吹くような乾いた音が聞こえ始めた。

辺りを見回すと、巨大なホールに変化が生まれていた。

あれほどずらりと威容を誇っていた巨大なショーケースの群れが、その隅からまるで砂の城が風に吹かれていくようにゆっくりと崩れていく。と同時に書棚に陳列されていた本が、一冊ずつ次々と鳥が羽ばたくように舞い上がっていく。

「私も本が好きなのだよ」

白いスーツの男は、膝の上に開いたままにしていた本をそっと閉じ、小脇に抱えて立ち上がる。そんな動作のそばから、目の前の書棚が風に吹かれて崩れ去り、渡り鳥の大群のように無数の本が羽ばたいていく。いつか、四方の視界すべてが飛び立っていく本の群れで埋め尽くされつつあった。

呆然と立ち尽くしている林太郎に、男が静かな視線を向けた。

「なかなか容赦のない少年だ」

「僕はべつに……」

男は軽く右手を挙げて制し、小さな苦笑とともに傍らを顧みる。

「ずいぶん厄介な客人を通してくれたではないか」

ふと見れば、男のそばにはいつのまにか、着物の女性が立っている。最初に邸宅を案内してくれた女性だ。あの時は能面のように無表情であったが、今は控えめな笑顔を見せていた。

「帰路は案ずるな。案内はなくても帰れよう」

男の声が、本の羽音の中に響いた。

すでに書棚の多くは風に消えつつある。辺りには淡い光が満ち、なお途切れることのない本の渡り鳥たちの羽ばたきは、四方を真っ白く埋め尽くしつつある。

男が腕時計を見た。

「ずいぶんたくさんの時間を使ってしまったが、かつてない貴重なひとときであった。感謝する」

微笑を浮かべると、そばの女性が差し出す白い帽子を受け取った。では、と一言告げた男は、帽子をかぶるとゆるやかに背を向けた。

その横で女性がゆっくりと林太郎に向かって頭をさげたとき、辺りは白い光一色になった。

翌朝七時、奥のキッチンで朝食を終えた林太郎は、書店の前に立って戸を開けた。店舗の明かりをつけ、窓に降りていたブラインドをあげて、店の中に風を通す。冬の透徹《とうてつ》した外気が、店内の沈滞した空気を心地よく払っていく。入り口の石段に軽く箒《ほうき》をかけ、店内に戻ったあとははたきに持ち替えて書棚の埃《ほこり》を払っていく。

すべて皆、祖父がやっていたことの見様見真似《みまね》である。

毎日のように学校に行くときに目にしてきた光景だが、自分で実際にやってみるのは今日が初めてだ。林太郎は本を手に取ることはあっても、書店の掃除をしたことなど一度もなかったのである。

心の内には、何をやっているんだと首をかしげる声がある。一方で、まあいいじゃないかと笑う声もある。いずれも林太郎自身の声だ。実際、何をやっているのか自分でもよくわからない。わからないままに、透き通った朝日の下に白い息を吐き出している。

鬱々と書棚を見上げていた自分が、なぜそんなことを始める気になったのか。とりとめなく考える林太郎の脳裏には、昨日の不思議な出来事が去来している。

〝見事な働きだったぞ、二代目〟

太く低い声でそう告げたのは、毛並みのよいトラネコである。

長い書架の廊下を歩きながら、翡翠の目を細めて笑う猫の姿に、林太郎はなんとも妙な顔をする。

「どうしたのだ?」

「あまり人から褒められることに慣れていないんだよ」

「謙虚なのはよいことだ。しかし何事も度が過ぎれば欠点になる」

猫は不思議な答え方をした。

音もなく足を進めながら、猫は続ける。

「お前の言葉が相手を動かしたことは事実だ。だからたくさんの本の解放に成功し、こうして帰路につくことができた。お前の言葉がなければ、我々は今頃戻ることもかなわず、あの得体の知れない屋敷の中をさまよい歩いていたに違いない」

何でもない口調で、それなりに不気味なことを言っている。見返せば、翡翠の目元には淡い笑みがある。

「見事な働きであった。とりあえず、第一の迷宮は無事突破だ」

「それはどうも」と言いかけた林太郎は、一瞬遅れて猫を見返した。

「第一の迷宮？」

「なんでもない、気にするな」

そんな返事が返ってきたときには、林太郎は夏木書店の中央に立っていた。トラネコはするりと林太郎の足元を抜けて、奥の壁の方へ戻っていく。

「ちょっと待て、気にするなって言われても、だいたい君は……」

「トラネコのトラだと言ったろう。名前を覚えたまえ」

愉快げに笑いながら、猫は肩越しに振り返る。

「存外に、立派な働きであったぞ」

「そんな言葉でごまかそうとしたって……」

答えるそばから、通路そのものが白い光の中へ溶けていき、気がつけば、林太郎は不愛想な板壁の前にひとりで立っていたのである。

あれから一日が過ぎているが、いまだに夢心地が残っている。

「立派であった、か」

トラネコの低い声が今も耳の奥に残っている。

そんな風に誰かから率直な褒め言葉を受けた経験はない。無気力だと笑われ、陰気だと忌避されることなら慣れているが、こういう言葉をまっすぐに投げつけられると妙に落ち着かない。落ち着かないから、林太郎は薄暗い書店に座り込むことをやめて、はたきを振ることにしたのである。

ひととおり店内の掃除を終えたところで、ふいにドアベルの音が響いて、林太郎は戸口を振り返った。見ると遠慮がちに店内を覗《のぞ》いていたのは、昨日連絡帳を届けてくれたばかりの学級委員長、柚木沙夜《さよ》である。

不思議そうに突っ立ったままの林太郎に対して、赤いマフラーを巻いた女生徒は形のよい眉を寄せた。

「何してるの？」

「何って……」

戸惑いつつも、よく考えてみればそれは林太郎の側の問いである。

「柚木の方こそ、朝からなんでここへ？」

「私はいつもの吹奏楽部の朝練」

ひょいと左手を持ち上げて見せたのは黒い楽器ケースである。

「通りかかってみたら、閉まったはずの夏木書店が開いてるからびっくりして覗いてみただけ」

真っ白い息を吐きながら、軽やかに敷居をまたいだ沙夜は、両手を腰に当てて語を継いだ。

「朝からお店の掃除してる余裕があるってことは、今日こそちゃんと学校に出てくるってことね？」

「いやまあ……」

「いやもまあもないでしょ。暇なんだったら出てきなさい。すぐ引っ越すからって残りの授業全部休むなんて、ずいぶん態度が悪いわよ」

「まあそうだけど」

どこまでも歯切れの悪い態度の林太郎に、沙夜は剣呑な目を向ける。

「あのねえ、見るからに憂鬱そうな同級生の家に連絡帳届けるこっちの身にもなりなさい。結構気を遣うんだから」

その言葉で、ようやく昨日、ノートを届けてもらった礼を言いそびれていたことを思い出した。慌てて「昨日はありがとう」と口にすれば、沙夜は、たちまち戸惑い顔をする。

「変なこと言った？」

「そりゃびっくりするわよ。あんなに迷惑そうな顔していたのに、今日はいきなり面と向かってありがとうなんて……」

「別に迷惑なんて思ってないよ。柚木の方こそなんか機嫌悪そうだったから……」

「機嫌が悪い？」

一瞬きょとんとした沙夜はすぐに、

「別にそんなことないわよ」

むしろ、むっとした顔でそう言った。

「夏木のことを心配していただけでしょ」

「心配？」

つぶやいてから、林太郎は少し首をかしげ、それから人差し指を自分に向けた。

「僕のことを？」

「当たり前でしょ」

沙夜は軽く林太郎を睨んだ。

「おじいさんが亡くなって、すぐ引っ越しになるって大変そうだったからずいぶん心配していたのに、秋葉先輩とのんびり雑談なんてしてるんだもの、嫌になるわ」

わからないものだ、と林太郎は胸の内で感心した。

林太郎にしてみれば、沙夜の方こそ迷惑をこうむっているのだろうと手前勝手に思い込んでいたのである。口では心配していると言っていても、社交辞令なのだとごく普通に受け止めていた。しかし事情は少し違うらしい。

困惑ぎみの林太郎を、しばし呆れ顔で見返していた沙夜は、急に遠慮がちな目を向けた。

「私って、そんなに態度悪く見えた？」

林太郎が返答に窮したのは、唐突な問いに驚いたのではない。

見慣れたはずの同級生の明るい瞳が、とても綺麗だと妙なことに気づいたからだ。考えてみれば、近所に住んでいながら、林太郎は、沙夜とこんな風に面と向かって会話をしたことはなかったのである。

「なによ、そんなにひどい態度に見えたの？」

「……全然そんなことはない」

「夏木って、ほんとウソが下手ね」

さっぱりとした沙夜の応答に、林太郎は気の利いた台詞《せりふ》のひとつも出てこない。とりあえず、いつもの癖で眼鏡の縁に右手を当ててから、ようやく口を開いた。

「じいちゃんの紅茶セットがあるんだけど」と、ぎこちなく店の奥を示す。

「暇なら一杯くらい淹《い》れようか？」

我ながら間の抜けた台詞だと林太郎は胸中でため息をついた。それでも彼なりの不器用な心遣いは、快活な女生徒に柔らかな苦笑をもたらした。

「なにそれ、ナンパ？」

「そういう解釈は乱暴だよ」

「でも、わざわざ届けてあげた連絡帳のお礼にしては、ひどく安上がりな台詞じゃない」

さらりとした切れ味のよい応答である。そのまま沙夜は身軽に歩を進めると、とんとそばの丸椅子に腰を下ろした。

「でも努力は評価してあげる」

「それはどうも」

ほっとため息をついた林太郎に、すかさず沙夜の声が続いた。

「ダージリンを一杯。お砂糖たっぷりでね」

冬のさなかに突然春が来たような、明るい声が店内に響いた。

第二章　第二の迷宮「切りきざむ者」

林太郎にとって、祖父は不思議な人物であった。

林太郎の良く知る日常とは少し異なる世界に生きている、寡黙でつかみどころがなく、それでいて隔てのない、物静かな老賢者であった。

一日は朝六時の起床に始まって、六時半には朝食を済ませ、七時すぎには林太郎と自分の分の昼の弁当をつくり終えて店の戸を開ける。早朝から店の中に風を通し、戸口のプランターに水をやりながら、いやいや登校する孫を送り出せば、あとはもう夕刻林太郎が帰って来るまで古書の海のただ中から動くことはない。

一連の流れはまるで古代から悠久の大地を潤してきた大河のごとく、涸《か》れずたゆまず繰り返されてきた。あたかもこの小柄な老人は、生涯のことごとくを小さな古書店の中で過ごしてきたかのような風格を有していたのだが、事実を言えばけしてそうではない。

　祖父自身は多くを語らなかったが、もともとはどこかの大学でかなり高い地位にまで上り詰めて、そして挫折をしたのだというような話を、書店を訪れた古参の客から林太郎は聞いたことがある。

　語ってくれたのは、白い髭《ひげ》を生やし、いつも小粋なループタイを下げた老紳士である。ときおり書店に現れては、分厚い文学書や時には外国語の書籍を購入していく人物で、昔祖父と一緒に働いたことがあるという。

「お前のおじいさんは、本当に立派な人物であった」

　黄色味がかったランプの下、老人は見上げる林太郎の頭を撫《な》でながら、そんなことを言ったものだ。

　林太郎がまだ中学生の頃であったろうか。祖父はどこかに出かけて不在で、ひとりで店番をしていたときのことである。

「お前のおじいさんは、世の中のいろいろな混乱した問題を、少しでも良い方向に持って行こうと懸命に努力をしていた。力を尽くし、心を砕き、生真面目で立派な仕事をしていた」

老人は箱入りクロス張りの豪奢《ごうしゃ》な本の表紙を愛《いと》おしそうに撫でながら、少年相手に懐かしい昔話でも語るような口調である。

しかしな、と少し言葉を切ってから、書棚を眺めやって老人はため息をついた。

「力及ばず、志半ばにして、社会の表舞台から退場した」

「社会の表舞台」などという言葉は、祖父のイメージにまったくそぐわないと林太郎は困惑したものだ。

祖父はいったい何をしようとしたのか、と問う孫に、老人は優しげな笑みとともに答えた。

「たいしたことではない。ただ当たり前のことを伝えようとしただけなのだ。嘘《うそ》をついてはいけない。弱い者いじめはいけない。困っている人がいたら手を貸してあげなければいけない……」

林太郎は思わず知らず首をかしげてしまう。

老人は苦笑しながら、

「当たり前のことが、当たり前でなくなっている世の中なのだよ」

深々とため息をついた。

「今の世の中は、色々な当たり前のことが逆さまになってしまっている。巧妙に嘘をつき、弱い者を踏み台にし、困っている人に付けこむことに、皆が夢中になってしまっている。いい加減そんなことはやめなさいということを、誰も口にはしないのだ」

「それをじいちゃんが?」

「やめなさい、と言ったのだ。そんなことではいけないと、辛抱強く説き続けた」

しかし何も変わらなかったのだと告げた老人は、精巧なガラスの彫刻でも取り扱うような手つきでそっと大きな書籍を会計机の上に置いた。ボズウェルの『サミュエル・ジョンソン伝』二巻である。

「三巻もあるかな?」

「あります。左奥の上から二段目。たぶんヴォルテールの隣」

ふむと笑顔とともにうなずきながら、老人は、言われた通りの書棚から目的の本を取り出してくる。

「それでじいちゃんは、結局大学のお仕事がうまくいかないから、こんな小さな本屋さんをやることにしたんだ?」

「事実としては、坊ちゃんの言う通りだが、ニュアンスとしてはおそらく間違っておる」

きょとんとする少年に、老人はにこやかに笑いながら、

「おじいさんは、ただ単にしっぽを巻いて大学から逃げ出したわけではない。あきらめたわけでもないし、投げ出したわけでもない。やり方を変えただけなんだ」

「やり方？」

「おじいさんは、ここですばらしい古書店を開いている。魅力ある書物をひとりでも多くの人に届けるためにな。そうすることで歪《ゆが》んだものが少しずつでも真っ当な姿に戻るのだという信念がある。それがすなわち、おじいさんが選んだ新しいやり方だ。華々しい道のりではないが、おじいさんらしい気概にあふれた選択ではないかね」

諄々《じゅんじゅん》と説き続けた老人は、ややあって我に返ったように苦笑した。

「坊ちゃんにはまだ難しいかな？」

難しいと林太郎は思った。

そのときは、確かに難しいと思ったが、今は少し違うものが見えているような気がしている。

何が違うのか、と問われても答えることは容易でない。けれどもわずか数日、書店の掃除を繰り返しているうちに、無口な祖父と夏木書店という小さな店の結びつきが徐々に見えつつある。

書棚のはたきから、戸口の箒《ほうき》がけに至るまで、存外その手入れは単調でありながら手間がかかる。いや、単調であるからこそ、細やかな気遣いをたゆまず維持し続けた祖父の忍耐強さがわかるというものだ。

林太郎は淡い感傷とともに、店内を眺めやった。

三十分ほどかけて朝の掃除を終えた店の中には、格子戸から短冊状に切り取られた冬の朝日が差し込み、艶のある床板を輝かせている。戸外から明るい喧噪《けんそう》が聞こえてくるのは、部活に通う同じ高校の生徒たちのものであろう。陽気な笑い声が、透き通った冷気とともに店の中に流れ込んでくる。

まことに心地よい空気である。

「ずいぶんのんびりしているではないか、学校はどうしたのだ、二代目」

ふいに聞こえてきた低い声に、しかし林太郎は自分でも不思議なほど驚かなかった。はたきを肩に置いたまま、くるりと店の奥に顔を向けた。

書棚で挟まれた細長い廊下の奥に、いつのまにか毛並みのよいトラネコが座っている。その背後には、本来あるはずの板張りの壁がなく、はるか向こうまで青白い光に包まれた書棚の廊下が延びている。

林太郎はトラネコを見返して苦笑した。

「いらっしゃい、と言いたいところだけど、できれば店に来るときは入り口を通ってきてくれないか？　そっちは壁ということになっているんだ」

「意外に驚かないものだな、二代目」

猫の方が持ち前の低い声で言う。

翡翠《ひすい》の瞳に理知的な光がきらめいている。

「もう少し慌ててもらった方が、こちらも出かけてくる甲斐《かい》があるのだが」

「〝第一の迷宮〟といった言葉がずっと気になっていたからね。第一があれば、第二があるのが道理だよ」

「鋭い洞察だ。それならそれで説明の手間がはぶけて助かる」

「説明？」

「第二の迷宮へ行かねばならぬ。力を貸してもらいたい」

「まさかと思うけど」

林太郎は一度奥の通路に視線を投げかけてから、

「また本を助けろとか言うんじゃないだろうね」

恐る恐るのその問いに、猫は仰々しく、そしてこれ以上はないほど偉そうに応じた。

「正解だ」

ある場所で世界中の本を集めてつぎつぎと切り刻んでいる男がいる。

猫は重々しい口調で語った。

男は、たくさんの書籍を集めて傍若無人な振る舞いを続けているのだという。

「このまま放置しておくわけにはいかん」

林太郎はそばの丸椅子に腰かけてから、眼鏡の縁に指を当てた。そのまましばし沈黙し、指の下からトラネコを見返した。

「なんだ？　わしの顔をいくら睨《にら》みつけたところで事態が好転することはない。お前が来るか否か、それがすべてだ」

「前にも増して、強引だね」

「強引でなければお前は動くまい。強引でなくとも動く男なら、わしも苦労はせん」

猫の翡翠の瞳が、より一層深い光を放つ。

林太郎はなおしばらく黙考し、やがて大きく息を吐き出すように答えた。

「わかったよ。また君について行けばいいのかい？」

思いの外あっさりとした返答に、猫の方が興味深げに目を細めた。

「存外に割り切りの良い態度だな。軟弱者らしく、またあれこれ理屈をこね回してごねるのかと思っていたが」

「難しいことはわからないけれど、じいちゃんからは、本は大切にしなさいって言われていたんだ。人助けは柄じゃないけど、本を助けに行くって話なら力になるよ」

猫は翡翠の瞳を軽く見開き、それからまた細めてうなずいた。

「結構だ」

猫の口元にわずかに微笑がひらめいたように見えたが定かでない。林太郎がそれを確認するより先に、ふいにりりん、とドアベルが涼しげな音を響かせたからだ。振り返ると、からりと開いた格子戸の向こうに思わぬ闖入《ちんにゅう》者《しゃ》が顔をのぞかせていた。

「ちゃんと生きてる？　夏木」

快活な声を響かせたのは、学級委員長の柚木沙夜である。時計を見れば朝七時半。ちょうど吹奏楽部の朝練に出かけていくところであろう。林太郎はおおいに慌てた。

「なんだ、ガールフレンドか？」

「黙ってくれ」

沙夜が夏木書店で紅茶を飲んでいったのはつい二日前のことだ。

ちゃんと学校に来なさいという委員長の言葉に対して、林太郎は曖昧な応答をして結局行動していない。要するに店に引きこもっているだけである。心情としては今更登校する気になどまったくなれないのだが、さすがに沙夜に対してだけは気後れがないでもない。

そういう微妙な状況の中で、平日の早朝から猫と会話をしているところを目撃されるのは、甚《はなは》だ都合が悪い。

「ど、どうかした？」

「どうかしたじゃないわよ」

軽く眉を寄せた沙夜が、無遠慮に店の中に入ってくる。慌てる林太郎の耳に、トラネコの低い声が響いた。

「案ずるな、二代目。わしの姿は特殊な条件を満たした者たちしか見ることができん。知らぬ顔をしていれば問題ない」

そんな声を半信半疑で聞き流している間に、沙夜が澄んだ声を響かせる。

「昨日も結局学校来なかったでしょ。その様子じゃ今日も休むつもりね」

「いや、まあそういうわけでもないんだけど……」

「じゃ、来るの？」

「とりあえず今日はまだ……」

頗《すこぶ》る曖昧な林太郎に対して、沙夜がじろりと鋭い目を向ける。

「夏木が休むと、また私、連絡帳を届けないといけなくなるんだけど。先生たちも心配してるし、結構みんなに迷惑かけてるのわかってるの？」

沙夜らしい遠慮のない言葉が飛び出してくる。

貫禄《かんろく》からしてすでに林太郎とは格が違う。

「ごめん……」

「謝るような問題じゃないのよ」

呆《あき》れ顔で沙夜はため息をついた。

「来るんなら来る、休むんなら休むとはっきりすればいいじゃない。夏木が大変な状況だってことくらい、私だってわかってるわよ。どっちつかずでいるから、周りだってどうしたらいいかわからなくて困ってるんでしょ！」

畳みかけるような物言いに、林太郎はただただ恐縮するばかりだ。

林太郎としては、影の薄い自分が今更いなくなっても何の影響もあるまいと考えていただけなのだが、学級委員長の目にはそうは映っていないらしい。

「要するに」と背後でトラネコの含み笑いが聞こえた。

「お前の身を真面目に心配してくれているのだな。存外友人に恵まれているではないか」

面白がるような声の主を、林太郎はひと睨みしたが、猫の方は一向意に介さない。気ままに髭を揺らして、悠々と笑っている。

しかしふいに沙夜が「え？」と短い声をあげて、林太郎の足元に目を向けた。むろんそこには、毒舌家のトラネコが鎮座している。

束《つか》の間《ま》の奇妙な静寂。

トラネコはさすがに身を固くしたが、やがて探りを入れるような調子で、

「まさかな。わしの声はもちろん、姿とて見えるはずが……」

「しゃべる猫？」

ぽんと、投げ出された声に、猫がびくりと身をふるわせた。

明らかにトラネコを見つめていた沙夜は、さらに書店の奥の薄青く光る通路に目を向けて絶句する。

「……なにあれ？」

林太郎は、沙夜の視線の先を改めて確認し、それからそっと眼鏡の縁に手を当てた。

「特殊な条件がどうとかって言っていなかったっけ？」

「そのはずだ……」

いつも悠然と構えている猫が、珍しくうろたえている。

「とんでもないことだな」

「夏木」と沙夜が困惑気味につぶやく。

「なんか私、変なものが見えるんだけど」

「よかったよ、僕だけかと思っていたから」

ほとんど投げやりに応じる林太郎に、沙夜は返す言葉もない。

猫はしかし、すぐに持ち前の平静さを取り戻し、沙夜の前に進み出ると重々しく一礼した。

「トラネコのトラだ。書の迷宮へようこそ」

優雅に頭をさげる猫の姿は、思いの外、様になっている。

「柚木沙夜です」

戸惑いがちに応じた沙夜は、しかし次の瞬間には白い両手を伸ばして驚く猫を抱え上げていた。

可愛《かわい》い！　という明るい声に、林太郎も猫も同時に目を丸くする。

「可愛いトラネコ、しかも話ができるなんて素敵」

それでいいのかとつぶやく林太郎の声は、あっさり押し流されて沙夜の華やかな嬌《きょう》声《せい》が店内に響く。猫の方はといえば、沙夜に頬ずりされて、にゃあなどと益体《やくたい》もない声をあげている。

「なにがにゃあだよ」

林太郎は力が抜けたように、深いため息をついた。


巨大な書架に挟まれたまっすぐな廊下を、二人と一匹がゆっくりと歩いている。

先頭を猫が、そのあとを沙夜が続き最後が林太郎の順だ。猫の足取りは静かで、沙夜の歩調は軽やかで、しかし林太郎の足は重い。

「柚木、やっぱり帰った方がいいよ」

ひかえめな林太郎の言葉に、沙夜が切れ長の瞳を向けた。

「なに？　自分だけ不思議な猫と愉快な冒険をするの？」

「愉快な冒険って……」

いくらかたじろぎつつも、

「わざわざ自分から危険なことに首を突っ込まなくても……」

「へえ、危険なんだ？」

意味ありげに沙夜は林太郎を見返した。

「つまり夏木は私に、同級生が危ないことに首を突っ込んでいるのを黙って見逃せって言っているわけね」

「べつにそういうわけじゃ……」

「じゃあどういうわけ？　危険でないならついていってもいいだろうし、危険があるなら放っておくことの方が問題よ。違うかしら？」

竹を割ったような、という形容は柚木のためにあるのだろう、と林太郎は率直に感嘆する。ぐずぐずと悩む林太郎に比べて沙夜の論理は明快であるし、なによりも健やかさがある。不健康な引きこもりが太刀打ちできる相手ではない。

「あきらめた方がよさそうだな、二代目」

トラネコが低い声で仲裁に入った。

「どう見ても、お前の方が分が悪い」

「分が悪いことは認めるけれど、問題の元凶である君に諭されるのは釈然としない」

「まあそう言うな。見えてしまったものは仕方あるまい」

応じつつも、その声にいつもの勢いが乏しいのは、猫自身の心境がまだなお穏やかでないためであろう。

「わしにもすべてが見通せるわけではない。今回の件はまったくの計算外だ」

「その他のことはすべて計算内みたいな物言いだね。僕には君がずいぶんと行き当たりばったりに見えるんだけど」

「私に言い負かされたからって」

沙夜の活気のある声が遮った。

「猫ちゃんに八つ当たりするのはよくないわ」

「八つ当たりって……」

「違うかしら？」

「僕は、こんなわけのわからない事態に学級委員長を巻き込んで、何かあったら大事《おおごと》だと心配しているんだよ」

「私に何かあったら大事だけど、夏木に何かあっても大事じゃないわけ？」

なにげない対話の中に鋭い機転が利いている。

言葉に詰まる林太郎に、さらに沙夜はつけくわえた。

「私、夏木の性格は嫌いじゃないけど、そういう態度は好きじゃないわ」

さらりと言い捨てて、沙夜はさっさと先を歩き始めた。

まっすぐな廊下を、猫を追い越して勇ましく進んでいく。なんでもびくびくと行動する林太郎とは正反対だ。

足元に寄ってきたトラネコが、首だけめぐらして林太郎を見上げた。

にやりと笑いながら、

「青春ではないか」

「……なんの話だよ」

林太郎が力のない声でつぶやいたとき、ようやく辺りは白い光に包まれ始めた。


病院？

最初林太郎がそう思ったのも無理はない。

真っ白な光を抜けた先にあったのは、多数の白衣の男女が忙《せわ》しげに行き交う広々とした空間であったからだ。

しかし明るい光が収まり辺りが見えてくるにつれて、その奇妙さが明瞭《めいりょう》になってきた。

前方に広がっていたのは巨大な石造りの歩廊であった。

左右の幅は、学校の教室ふたつ分くらいはあり、奥行きは見えずにはるか向こうまで巨大な空間が連なっている。両側には優雅さと力強さを兼ね備えた白い円柱が等間隔に立ち並び、頭上の優美なアーチ状の天井を支えている。

それだけ眺めれば、古代ギリシャの神殿のような景色だが、行き交う人々がまた奇怪だ。

柱の間から続々と白衣の男女が出てきては、反対側の柱の間に消えていく。老若男女さまざまであるが、誰もが白衣を着て、無数の書籍を腕に抱え、忙しなく歩き去っていく点は同じだ。

柱と柱の間の壁を見上げると、はるか頭上の天井まで、すさまじい数の本が並べられている。巨大な書庫をなす壁の一番下に、点々と大きな机と椅子が並び、たくさんの白衣たちが書棚から本を出しては机の上に積み上げ、また別の本を棚に戻している。よく見ると壁のそこかしこには、狭い通路や、上り下りの階段が見え隠れし、白衣の男女はそこから出てきては、机の前に立ち止まり、ひとしきり作業を終えると、広大な歩廊を横断して反対側の通路に消えていくようだ。

本を抱えて歩く者、机の上にひたすら本を積み上げる者、なかには、書棚に立てかけた長い梯子《はしご》の上で作業をする者もあり、まことに景色は目まぐるしい。

「なんだか……すごい所ね……」

まとまりのない沙夜の感想は、それだけに率直な心情の表現でもある。

目を丸くして辺りを見回している沙夜のすぐ眼前を、足早に白衣の女が歩きすぎていく。

白衣の人々は、一匹と二人の闖入者に微塵《みじん》も注意を払わない。まるで最初から目に入っていないのかと思うくらいに無反応だが、ぶつかりそうになると避《よ》けていくから、見えていないわけではないらしい。もっとも不自然であるのは、これほどたくさんの人が往来していながら、一言も会話が聞こえてこないことであろう。まるで、出来の悪い無声映画でも見ているように不気味である。

「このどこかに、本を切り刻んでいる人がいるのかい？」

「そのはずだ」

「どうする？」

林太郎の問いに、丸い肩をすくめた猫は無造作に歩き出した。

「探すしかあるまい」

速やかに足を進めたトラネコは、すぐ眼前に歩いてきた白衣の男に呼びかけた。

「すまないが、聞きたいことがある」

突然の呼びかけに、白衣を着た中年男は、両腕に大量の本を抱えたまま立ち止まり、あからさまに迷惑そうな顔で足元の猫を見返した。体格は良いが妙に顔色の悪い男である。

「何かな？　急いでいるんだが」

「ここはどういう場所だ？」

猫の横柄な問いに、男はごく淡々と応じた。

「ここは『読書研究所』だ。読書に関する様々な研究をしている世界最大の研究施設だ」

読書研究所？　と眉を寄せる沙夜を、男は完全に無視している。

「ではこの研究所の責任者に会いたい」

「責任者？」

「そうだ、この施設の責任者だ。施設長か、それとも研究所と言うからには博士か教授とでも言えばいいのか？」

「教授を探しているのか？」

「そうだ」

「あきらめたまえ」

男は眉ひとつ動かさず告げた。

「教授などという肩書は世の中には星の数ほどある。日本中教授だらけだからな。ためしに大声で教授と叫んでみたまえ、そこらを歩いている学者の五人に四人は振り返るに違いない。皆それぞれの分野の教授だ。速読法の教授から速記術の教授まで、ここには無数の教授たちがいる。その他、修辞法、措辞法、文体、音韻、文字フォントから紙質に至るまでもろもろの研究分野に新しい教授たちが乱立している。教授を探すくらいなら、教授でない人間を探す方が、まだいくらか望みがあるだろう」

抑揚のない声で淡々と応じる男に、猫は鼻白む。

その一瞬の隙をつくように、ではさようなら、と言い捨てて白衣の男は足早に去って行った。

おい、と猫が言うのも聞かずに柱の向こうの通路へと消えていく。

林太郎も沙夜もただぽかんとして、その背を見送るばかりだ。

「なんだい、あれは？」

林太郎のつぶやきに猫は黙然として答えず、また広大な歩廊を歩き始めた。

次にそばを通りかかった、別の白衣の男を呼び止める。先ほどとは年齢も体格も違うのに、血の気のない顔で大量の書籍を抱えている様子は変わらない。

「何かな？　とても急いでいるんだが」

「人を探している」

「やめた方がいい」

いきなり、袈裟《けさぎ》切りに切り捨てるように告げる。

「この研究所は広大だ。おまけに見た目も考え方も忙しさも似たような人間が山のようにいる。もちろん誰もが皆、自己の独自性を強調しようと躍起になっているが、自己の独自性に執着している点ではまったく独自性がないから、結論から言って区別をつけるのは大変に難しい。このような場所では、特定の〝誰か〟を見つけ出すことは難しいだけでなく意味がない」

男は「ではさようなら」と去って行った。

三人目は比較的若い女性であったが、顔色が悪いことと、わけのわからない応答が戻ってくるのは前二者と同じである。

四人目は誰を捕まえるかと見回しているうちに、沙夜が早足で歩いてきた若い男性にぶつかって、男の抱えていた大量の書籍が廊下に散らばった。

「すみません」と頭をさげる沙夜に、男は黙然と一瞥《いちべつ》を投げかけただけで淡々と本をかき集めていく。慌てて拾い集めるのを手伝ううちに、林太郎が一冊を手にとって動きを止めた。

『まったく新しい読書術のすすめ』

どうひいき目に見ても、センスのない書名が見えた。

と同時に林太郎はなんとなく口を開いていた。

「この本を書いた人がどこにいるか知っていますか？」

その声に、白衣の男は軽く眉を動かして林太郎を見返した。すぐに林太郎は繰り返す。

「この本を書いた人を探しているんですが……」

「所長なら、その階段を下りていけば所長室だ。行けば会える」

ひととおりの本を抱え上げて立ち上がった男は、すぐ右手の柱の向こうにある小さな下り階段を顎で示した。

「所長は研究熱心な人だから、部屋に閉じこもっていて滅多に地上に出てくることはない。行けば会えるだろう」

無感動な口調で、なにやら大仰な言い回しをしている。

ありがとうございます、と頭をさげた林太郎が顔をあげたときには、すでに白衣の男は立ち去って向こうの上り階段に消えていくところであった。

下り階段は、容易に終わらなかった。

なんの心構えもなく階段を下り始めた一行の前には、延々と果てしない下り階段が続いていた。

「滅多に地上に出てこないって言っていたのは、こういうことだったのね」

沙夜が閉口した様子でつぶやいた。つぶやいた声は、うわんうわんと反響しながらはるか地の底へと吸い込まれていった。

「大丈夫かしら?」

「心配なら帰るという選択肢もあるよ。もともと僕は〝帰宅推奨派〟だから」

「じゃ、帰宅派の人はどうぞ先に帰ってください。私は〝どんなことがあっても途中では絶対投げ出さない派〟なの」

沙夜の言葉は、陰気な空気を吹き飛ばす爽やかさを持っている。林太郎はたちまち沈黙する。

最初、まっすぐに下っていた階段は、やがて徐々に曲線を描きらせん状になっていった。どこまでも薄暗く、どこまでも陰気で、地の底へ潜りこんでいくような感覚だ。

景色はおそろしく変化に乏しい。壁には等間隔でランプが灯《とも》り、その間にところどころ、無造作に積み上げられた書籍がある。よく見ると、新しさや古さの違いはあるものの、どの本も皆同じ『まったく新しい読書術のすすめ』である。

ときおり思い出したように大量の書籍を抱えた白衣の男が上ってくるが、林太郎たちには目もむけず、押し黙ったまま足早に通り過ぎていく。

歩いても歩いても変化のない薄暗がりが続く中、ふいに沙夜がつぶやくように声を発した。

「ベートーヴェン……？」

沙夜の声に、林太郎も立ち止まった。

耳を澄ますと、たしかに階段の先の方からかすかに音楽が聞こえてくる。

「たぶんベートーヴェンの交響曲第九番、第三楽章だと思う」

「つまり、第九？」

林太郎の問いに、吹奏楽部の副部長は自信ありげにうなずいた。

さらに下るうちに音楽は明瞭となり、格調高い弦楽器の旋律が林太郎にもはっきりと聞こえてきた。

「第二主題ね」

沙夜が告げたと同時に、メロディが転調し、一層伸びやかなテーマを奏で始める。

誘われるままなんとなく歩調が早まり、弦楽器と管楽器の合流が幻想的なうねりを生み出す頃、一行は行き止まりにある小さな木製扉の前に立っていた。

年季の入った扉の上には、ご丁寧に「所長室」という文字が入っている。その他になんの表示も装飾もなく、中から結構な音量の管弦楽が聞こえてくるばかりだ。

いちいちが理解に苦しむ景色だが、林太郎たちにとっては、行き止まりにたどり着けたことが何よりも安堵《あんど》の材料であった。

トラネコがうなずき、林太郎はそっと扉をノックした。

二度軽く叩《たた》いて返事はなく、三度目に大きくノックしたがやはり反応はない。ただただ第九が答えるだけだ。

やむなく林太郎は、ノブを握って扉を押した。ぎっというかすかな音とともにあっけなく扉が開き、開くと同時に、部屋の中からぎょっとするほど大音量の交響曲が飛び出してきた。

部屋の中はさほど広くはない。いや、広いのかもしれないが、四方の壁が完全に天井まで積み上げられた本と紙束とで埋まっているせいで広さがよくわからない。本と紙とに囲まれた空間自体は相当狭く、正面奥に、紙に埋もれかけた机がひとつあるだけである。

その机に向かって、林太郎たちに背を向けたまま白衣姿の男が座っていた。

背は高くはないが、丸々と太った恰幅《かっぷく》のいい人物で、なにやら一心不乱に作業をしている。何をしているのかと遠目に眺めてみれば、驚くべきことに、左手で書籍を取り上げて高々と掲《かか》げては、右手の鋏《はさみ》でそれを次々と切り刻んでいるのである。鋏が動くごとに紙片が舞い散り、本が本でなくなっていく。

奇怪な作業に没頭している白衣姿の肥満した男という絵は、異様と言うしかない。

「なにあれ……」

絶句している沙夜に林太郎も答えようがない。トラネコもさすがに口をつぐんだまま白衣の男を見つめている。

異様な空間を一層異様にしているのが、大音量で鳴り響いている第九である。男の傍らに置かれているプレーヤーは、ＣＤでもレコードでもなく、一時代前に全盛を誇ったカセットテープで音楽を聴くラジカセである。それがラジカセであると林太郎がわかったのは、祖父が持っていたからであって、今は目にすることもほとんどない年代物だ。プレーヤーの真ん中でくるくるとカセットテープが回っているのが、なにか冗談のように見えてくる。

すみません、という林太郎の声に白衣の男は振り向かない。二度呼んで反応はなく、さらに腹に力を入れて大声を出すと、相手はようやく手を止めて振り返った。

「おや、なんだね」

妙に甲高い声で振り返った男は、分厚い眼鏡に、皺《しわ》だらけの白衣、でっぷりと突き出た腹にわずかな白髪を残した禿頭《とくとう》という特異な風貌である。学者と言えば聞こえはよいが、白衣を着ていてさえ、知的な印象は微塵もない。

「すみません、お邪魔しています」

「こりゃあすまない、全然気がつかなかったよ」

第九に負けないくらいの大声で学者は叫びながら、ゆらりと椅子を回転させて林太郎たちに向き直った。

右手に鋏、左手に切り刻まれた書籍を持った学者の姿に、林太郎も沙夜もたじろいでしまう。

「滅多にお客さんなんて来ない場所だからね。すまないすまない、座る場所もないんだ」

妙に景気のよい声が第九越しに聞こえてくる。

「なんの用かな？」

問う男に林太郎もまた声を張り上げて問うた。

「ここでたくさんの本が切り刻まれていると聞いて来ました。あなたが……」

「は？　なんだね？」

「ここでたくさんの本が切り刻まれていると……」

「すまない、よく聞こえないなあ。もう少し大きな声で頼むよ」

「ですからここでたくさんの本が……」

ふいにキュルキュルッという耳障りな雑音とともに、第九が途絶えた。唐突にラジカセが止まったのだ。と同時に、何かひやりとするほどの静寂が辺りに満ちた。

白衣の男は、不本意そうに眉を寄せ、それからのろのろと椅子から立ち上がって、机の隅に置いてあったラジカセに手を伸ばした。

「あの」と口を出しかけた林太郎を、男の丸々とした手が押しとどめる。

「テープもラジカセも古いのでね。ときどきこうして絡まってしまうんだよ」

そんなことをつぶやきながら、カチャカチャとカセットを取り出しにかかっている。

何度も聴きこんだ古いカセットテープは、しばしば再生機に絡まってしまうことがあるのだが、白衣の男にとっては日常的なことなのであろう。慌てる様子も見せず、器用にカセットを取り出すと、ゆるんだテープを丁寧に巻きなおして再びセットし、かちりと再生ボタンを押す。二秒とたたずにまた大音量のベートーヴェンが始まった。

「さて、もう一度用件を頼むよ」

大音量の中で大声をあげる学者に、林太郎はげんなりとした。

「やあ、そんな顔をするものじゃない。ベートーヴェンは僕の大好きな作曲家のひとりで、とくに第九は最高傑作だと思っている。こいつが流れているときは研究もおおいにはかどる」

「研究？　なんの研究ですか」

ほとんど投げやりに吐き出された林太郎の言葉に、しかし学者は嬉《うれ》しそうにうなずいた。

「よく聞いてくれた。僕の研究テーマはずばり〝読書の効率化〟だ」

「これってさ」と沙夜が林太郎の耳元で囁《ささや》いた。

「都合のいいことだけ聞こえるようにするための、ベートーヴェンじゃない？」

そうかもしれないが、そうだとしても手の打ちようがない。

とりあえずせっかく捕まえた会話の糸口を逃がさぬよう、敢《あ》えて林太郎は問いかけた。

「読書の効率化って、どういう意味ですか？」

「簡単なことだ。ずばり、〝速く読むための研究〟」

学者が楽しげに答え、ちょきちょきと手元の鋏を動かした。

「世の中には山のように本がある。対して我々人間はあまりに忙しく、そのすべてを読み解く時間はとても与えられていない。だが僕の研究が完成した暁には、人々は毎日何十冊もの本を読むことができるようになる。流行《はや》りのベストセラーだけでなく、複雑な物語や難解な哲学書もあっという間だ。これは人類の歴史に残るすばらしい快挙になる」

「毎日何十冊も？」

「それってつまり、速読ってことですか？」

林太郎に代わって沙夜が口を開いた。

学者は、うんうんと嬉しげにうなずきながら、

「速読法はひとつの重要な技術だ。しかし一般的な速読は読み慣れた文章でなければ通用しない。新聞紙面の株価一覧から必要な情報を拾い上げる技術としては極めて有用だが、たとえば哲学の素人がいきなりフッサールの『現象学の理念』を速読することはできない」

そこでだ、と学者が満面の笑みでぴしりと太い人差し指を立てた。

「さらに僕は、速読にもうひとつの技術を融合させることに成功した」

「もうひとつの技術？」

「〝あらすじ〟だよ」

林太郎と沙夜は面食らって、ほとんど同時にのけぞった。

そのタイミングで音楽が途切れたのは、第三楽章が終わったためであろう。わずかな静寂に息をつく間もなく、すぐに第四楽章が始まり、管楽器の強烈な不協和音の中、学者は揚々と甲高い声を張り上げた。

「あらすじ、もしくは要約と言えばよいだろう。速読法によって高度な読書速度を身につけた人々は、本のエキスを抽出した〝あらすじ、または要約〟を手にすることによってさらに読書速度をあげることができる。むろんこのあらすじからは、専門的な用語はもちろん独特の粋な言い回しや、味わい深い熟語などはすべて排除する。文体からは個性を排し、表現は凡庸を旨とし、安易平明を極めるべく徹底的にブラッシュアップする。これによって、一冊十分かかっていた読書がさらに短くなり一分で済む、たとえば」

学者は足元に落ちていた小さな本を手に取り、無造作に鋏を入れて、小さな紙片を切り取り、にわかに身を乗り出して林太郎に手渡した。

そこにはたった一行だけ文章がある。

「メロスは激怒した」

林太郎が読み上げると、学者は満足げにうなずいた。

「『走れメロス』のあらすじだよ」

呆気《あっけ》にとられる林太郎に対して、男は切り刻まれた方の『走れメロス』を左手でひらひらと振りながら、

「かの有名な短編もあらすじにしてしまえば、その一文で済む。抽出に抽出を重ねた結果残った最後の一文だ。当然ここに速読法を用いれば〇・五秒で『走れメロス』を読み終えることができる。問題は長編の場合だな」

学者はたっぷりと肉のついた腕をラジカセに伸ばして、ただでさえ大きなボリュームをさらに大きくした。低弦楽器の奏でる「歓喜の歌」が悠揚たる響きとともに部屋を満たしていく。

「現在とりかかっているのはゲーテの『ファウスト』だ。目標はこれを二分で読めるようにすること。しかしこれがなかなかの難物だ」

どんと、学者の丸い平手が机の上に置かれていた数冊の本を叩いた。勢いで周りの紙切れが雪のように舞う。叩かれた本は、あちこちに鋏が入ってすでに無残な姿をさらしているから、『ファウスト』かどうかもわからない。

「すでに本来の分量の九割を切り捨てることに成功したのだが、一割といってもこの

巨大な作品はまだまだ大きい。さらなる凝縮作業を付加しなければいけない。大変な努力が必要だが、『ファウスト』を読みたいという読者は思いのほか多くてね。なんとか期待に応えたいのだ」

「頭がおかしいのではないか」という言葉を林太郎が実際に口にせずに済んだのは、沙夜が先に口を開いたからだ。

「それって、何か変じゃないですか？」

よく通る澄んだ声が、しかしここではベートーヴェンにいささか押され気味だ。

「変？　なぜ？」

「なぜって……」

あまり率直に問われるとすぐに答えは出てこない。

いったん背を向けかけた学者は、またゆるりと椅子を回転させ、林太郎たちと正面から対峙《たいじ》した。

「現代社会では人は本を読まなくなったという。けれども事実はそうじゃないんだ。皆忙しくてゆっくり読んでいる暇がないだけなんだ。多忙な毎日で、読書にかけられる時間は限られている。けれども読みたい本は多い。みんな多くの物語に触れたい。『ファウスト』だけじゃ物足りない。『カラマーゾフの兄弟』も読みたいし、『怒りの葡萄《ぶどう》』だって読みたい。その真摯な願いを聞き届けるにはどうすればよいか」

学者がぬっと太い首を突き出した。

「速読とあらすじだ」

学者がラジカセを触ったわけでもないのに、さらに第九のボリュームが大きくなったように感じられた。

「ここに一冊の本がある」

学者が、すぐ右手の紙片の山の中から、古びた一冊の本を取り上げた。

ここまで来る間にさんざん目にしてきた、あの『まったく新しい読書術のすすめ』である。

「研究成果のすべてをまとめた僕の代表作だよ。ここには、最新の速読法とともに、僕が全精力を傾けて作り上げた、古今東西の名著百冊のあらすじをすべて収めてある。つまり、この一冊があればどんな読者でもたった一日で百冊を読むことができるというわけだ。今後は二巻、三巻と続けて出していく予定だから、いずれ人々はわずかな時間で世界中の書物に触れることができるようになる。すばらしいことではないかね」

「なるほど」とつぶやいたのは林太郎だが、もちろんそれは同意の「なるほど」ではない。ただの間投詞である。黙っているといつまでも話し続ける相手を止めるための発語に過ぎない。

「たしかに読む速度はあがるかもしれない。でもその読んだものはもとの本とは別物じゃないですか」

「別物？　まあ少しは変わるだろうね」

「少しではあるまい」とトラネコが低い声を響かせた。

「お前はそうやって、たくさんの本を集めては次々と切り刻み、ただの紙切れに変えてしまっている。それはつまり本の命を奪っているということだ」

「違うね」

学者の声が、ふいにずしりと重い風圧を伴って響いた。

先刻までののったりとした口調の中に、唐突な重量がくわわり、二人と一匹の訪問者は一様に口をつぐんだ。

「僕はね、本に新しい命を吹き込んでいるんだよ」

いいかい、といきなり諭すような甘い声になる。

「読まれない物語は消えていく。僕はそれを惜しんで生きながらえさせるために、少しだけ手をくわえる。あらすじにする。速読法を与える。そうすれば、失われていく物語がその足跡を現代にとどめることができるとともに、短い時間で手軽に傑作に触れたいと願う人々の期待にも応えることができる。〝メロスは激怒した〟。すばらしいあらすじではないかね」

ゆるゆると立ち上がり、鳴り響くフルオーケストラに合わせて、右手の鋏を指揮棒のごとく振り始める。

「本と音楽はとても似ていると思わないかね。両者とも、人の生活に知恵と勇気と癒しを与えてくれる素晴らしい存在だ。人間が自らを慰め、自らを鼓舞するために作り出した特別なツールだ。しかしこの二つには大きな違いがある」

学者が、重層的な旋律に合わせて、くるりと身をひるがえすと、白衣もまた大げさに弧を描いて宙を舞う。丸い体が器用に回転する。宙を舞う鋏がぎらりと鋭い光を照り返す。

「音楽とは様々なところで日常的に触れ合うことができる。運転中のカーステレオ、散歩の途中の携帯音楽プレイヤー、研究室のラジカセ。そこかしこにありながら人を癒してくれる。けれども本はそうはいかない。音楽を楽しみながらジョギングはできるが、本を読みながら同じことはできない。第九を聴きながら研究はできるが、『ファウスト』を読みながら論文は書けないのだ。書物の持つその哀れな定めが、書物そのものを衰退させている最大の原因だ。僕はその悲しい運命から本を救いだすために、骨身を惜しんで研究しているのだよ。僕は本を切り刻んでなどいない、救っているんだ」

言葉が途切れると同時に、まるでタイミングを計っていたかのごとく、力強いバリトンの独唱が開始された。

猫は言葉を返さなかった。

その心持ちが林太郎にはなんとなくわかる気がした。

初めて猫とともに訪ねた奇妙な邸宅の男もそうであった。その言葉は狂気に満ちてはいたが、空虚な妄想と笑ってしまうには異様な鋭さがあった。

おそらくそれは真実という鋭さだ。

「今の時代はね」と学者が林太郎の心の動揺を汲《く》み取ったかのように、優しげな声を響かせた。

「難解な本は、難解であるというだけで、もはや書としての価値を失うのだよ。誰もが、気軽に、愉快に、流行りのクリスマスソングをまとめてダウンロードするかのように傑作を読みたがる。楽しく、速く、たくさんの読書を。そういう時代の要請に応えなければ、傑作は生き残っていくことはできない。僕はそんな本の命を守るために、鋏をふるうのだ」

「二代目」

猫の声に、林太郎は我に返った。

「呑《の》まれているのではなかろうな？」

「正直、少し呑まれているかな」

おい、とトラネコが髭をぴんと伸ばして林太郎を睨む。

視界の先では、学者が悠々と両手を振って、脳中のオーケストラを指揮している。

右手の鋏がきらきらと蛍光灯の光を反射し、独唱で始まった「歓喜の歌」は、すでに最初の大合唱に突入している。

「たしかに『ファウスト』が二分で読めればすごいと思うけど……」

「詭弁《きべん》だな」

「詭弁だとしても」と口を挟んだのは沙夜である。

「なんとなくわかる気がする。私なんか、読む速度が遅いし、難しい本は苦手だから、速読とかあらすじとか読みやすい方を選びたいって気持ちはあるし……」

「よくわかっているね」

学者が満足げに振り返った。

「とてもよくわかっている。そんな君たちの力に、私はなりたい」

いつのまにか、沙夜は恍惚《こうこつ》とした表情を浮かべていた。あの理知的で快活な女生徒が、うっとりと夢うつつの表情で白衣の学者を見返している。

トラネコが声を荒らげた。

「彼女は取り込まれかけているぞ、二代目、なんとかしろ」

「なんとかしろって言われても……」

林太郎は何事か応じようとしてみるものの、大音量の「歓喜の歌」が思考をかき乱すように鳴り響いている。

この大音量自体が、訪問者の思考を停止させるための防御柵のように、学者をがっちりと取り囲んで近づくすべを与えない。

林太郎はいつのまにか額に浮かんでいた汗を軽くぬぐうと、目を閉じ、右手をそっと眼鏡の縁に当てた。

こんなとき、じいちゃんならなんと言うだろうか。

ティーカップを傾けたまま思案にふける祖父の横顔を、懸命に胸の内に描き出す。活字を追いかける静かな目。ランプの光を受けて柔らかく光る老眼鏡のレンズ。頁《ページ》をそっとめくる皺だらけの指。

〝林太郎は山が好きか？〟

ふいに深みのある声が脳裏に響いた。

無駄のない手際で紅茶の準備を進めながら、祖父が穏やかな声を投げかけていた。

〝山だよ、林太郎〟

〝登ったことがないからわからない〟

林太郎が面倒くさそうに答えたのは、手元の本に夢中になっていたからであろう。

祖父はそっと微笑《ほほえ》みつつ、本を読む孫の傍らに腰かけた。

〝本を読むことは、山に登ることと似ている〟

〝本と山？〟

不思議に思って林太郎はようやく顔をあげた。

祖父はティーカップを持ち上げ、香りを楽しむように目の前でゆっくりと動かしている。

〝読書はただ愉快であったり、わくわくしたりするだけではない。ときに一行一行を吟味し、何度も同じ文章を往復して読み返し、頭を抱えながらゆっくり進めていく読書もある。その苦しい作業の結果、ふいに視界が開ける。長い長い登山道を登り詰めた先ににわかに眺望が開けるように〟

古風なランプの下でゆったりとカップに口をつける祖父は、どこまでも泰然と構えて、古いファンタジー小説に出てくる老賢者のようだ。

〝読書には苦しい読書というものがあるのだ〟

老眼鏡の奥の小さな目が明るく光っていた。

〝愉快な読書もよい。けれども愉快なだけの登山道では、見える景色にも限界がある。道が険しいからといって、山を非難していてはいけない。一歩一歩喘《あえ》ぎながら登っていくこともまたひとつの登山の楽しみだ〟

骨張った細い腕が伸びて、林太郎の頭に置かれた。

〝どうせ登るなら高い山に登りなさい。絶景が見える〟

温かい声であった。

祖父とこんな会話をしたことがあったかと、林太郎は改めて驚く思いであった。

「二代目！」

ふいに聞こえたトラネコの声に林太郎は閉じていた目を開けた。

顧みれば、そばに立っていた沙夜の様子が明らかに変化していた。

いつもの血色のよい頬はその健康的な色を失い、活力にあふれていた瞳は、青白く無機的な光を照り返すだけだ。その静物のような不気味な顔色は、この研究室に来るまでに散々見てきた慌ただしい白衣の男女のそれと同じである。

大音量のフィナーレの中、吸い寄せられるように歩き出しかけた沙夜の手を、林太郎はほとんど反射的に引き戻していた。引き戻したその手は冷たく、沙夜のほっそりとした肢体は、ぞっとするほど力なく戻ってきた。

林太郎は悪寒を覚えて顔をしかめたが、それでもすぐに同級生の頼りない手を引いて、そばの小さな椅子に座らせた。

「それでは時間稼ぎにもならんぞ、二代目」

「わかってるよ」

トラネコのいくらか上ずった警告に、しかし林太郎は慌てなかった。トラネコのような貫禄も、沙夜のような機転も林太郎には無縁だが、理不尽な危機や窮地なら、冴《さ》えない日常生活を通してそれなりに経験してきている。

部屋の中央では白衣の学者が、右手に鋏、左手に本を持って、まるで指揮棒を振るように両手を動かしている。動かすたびに、左手の書籍に鋏が入り、切り刻まれた白い紙片が宙を舞う。

林太郎には、読書の効率などというものはよくわからない。

けれども速読やあらすじという読み方が、本の持つ力を失わしめるものだということはなんとなくわかる。

切り取られた断片は所詮断片でしかありえない。

むやみと急げば急いだ分だけ多くの事柄を見落とすのが人間である。汽車に乗ればさぞかし遠くへ行けるであろうが、その分だけ見識が増すと思うのは誤解である。路傍の花も梢《こずえ》の小鳥も、自らの足で歩く愚直な散策者のもとを訪《おとの》うてくるものである。

林太郎は一考し、それからゆっくりと学者に向かって足を踏み出した。

急がず、慌てず、結論を早まらず、自分の速度で考え、自分の足で歩いて学者の眼前まで歩み寄る。と、卓上で高らかに第九を響かせるラジカセに右手を伸ばした。

にわかに学者の丸い手が滑り出て、林太郎の袖口をつかんだ。

「私の大事な音楽を止めないでくれないか？」

「止めませんよ」

少年の穏やかな口調に学者の方が戸惑いを見せた。その隙に林太郎の指が、ラジカセの「早送りボタン」を押していた。

にわかにキュルキュルというノイズを交えながら、三倍速になった第九が慌ただしく流れ出す。性急で騒々しく、けたたましくて落ち着きのない「歓喜の歌」だ。

「やめたまえ、台無しではないか」

「僕もそう思います」

静かに答えた林太郎は、しかし大音量の雑音の中でも指を離さない。

「僕も同じ意見ですよ。でも早送りにすれば、あなたの大好きな第九をたくさん聴くことができます」

何事か言い返そうとした学者は、しかしふいに太い眉を寄せて言葉を飲みこんだ。

林太郎は、でも、と続ける。

「早送りになんかしたら、音楽は台無しです。第九には第九の速度がある。本当に音楽を楽しみたいと思うなら」

林太郎がラジカセから指を離した。コーラスがもとの堂々たる流れに復した。

「その曲の速度で聴くものでしょう。早送りなんて最悪です」

最初の合唱のときよりも一オクターブ引き上げられた盛大な合唱が、フロイデ！　フロイデ！　と、あふれんばかりの歓喜の声を爆発させる。大音量の旋律が、恍惚たるゆらめきを持って室内に響き渡る。

その音の奔流の中で、学者が小さくつぶやいた。

「本も……」と告げて林太郎を見返す。

「同じだというのか？」

「少なくとも、あらすじと速読なんて、フィナーレだけを早送りで聴くようなものですよ」

「フィナーレだけを早送りで……」

「それはそれで面白いかもしれないけど、ベートーヴェンの交響曲ではありません。第九が好きだと言うのなら、なおのことわかるはずです。僕が、本が好きだからわかるように」

学者はさかんに振り動かしていた鋏を、今は握りしめたまま動かさなかった。

しばし沈思し、それから太い眉の下の目を林太郎に向ける。

「しかし、読まれぬ本は消えていく」

「残念なことだと思います」

「それで良いと思っているのかね？」

「良いとは思いません。けれどもせっかくの『走れメロス』があんな一文に押し込められてしまうのは、同じくらい残念なことです。音楽が音符だけでできているわけではないように、本だって言葉だけでできているわけじゃない」

「だがしかし」と学者はなお鋏を握りしめたまま、押し殺した声を吐き出した。

「人は今、ゆっくりと本を読むことを忘れてしまった。速読もあらすじも、今の社会が求めているものだとは思わんかね」

「そんな話、知ったことじゃありません」

林太郎の思わぬ反撃に、学者は眼鏡の奥の小さな目を滑稽なほど見開いた。

「僕はただ単純に本が好きなんです。だから……」

林太郎は一度言葉を切ってから、相手を見返した。

「たとえどんなに世の中が求めていても、本を切り刻むことには反対です」

いつのまにか演奏が終了していた。

ただカタカタと回転するカセットテープの音だけが部屋に聞こえている。あれほど部屋の空気を圧していた音楽が消えて、かえって息苦しいほどの沈黙の中、ラジカセだけが奇妙な機械音を発している。

「……僕も本が好きなんだ」

学者が丸い肩を落としたままつぶやいた。

林太郎は控えめにうなずいた。

もとより林太郎も、目の前の学者に悪意は感じない。

本が嫌いな人間がこんなことを考えるはずがない。学者の言葉には確かに真実が含まれている。本を残したい、伝えたい、できるだけ多くの人へ届けたい。

そういう考え方をする人間が本が好きでないわけがない。

けれども、と林太郎は思う。

「本を切り刻んでいることは確かですよ」

「本が好きな人間はね、君」

学者が軽く顎をあげ、それから大きくため息をついた。

「そんなふうに言われることを良しとしないのだよ」

男は鋏を握っていた右手をそっと持ち上げた。

ほのかな苦笑とともに手を開くと、鋏はにわかに光を放ち霧散するように消え去った。と同時に唐突に、はらはらと紙が舞う音がした。音がしただけでなく、部屋中に積み上げられていた無数の紙片が風もないのに浮き上がり、部屋の中を舞い始めた。

慌てて林太郎は、数歩後ろに引き下がる。

無数の紙片が次々に舞い飛び、たちまち紙吹雪となって視界を白く染めあげる。呆《ぼう》然《ぜん》として見守る林太郎の眼前で、飛び回る紙片と紙片は徐々にあちこちで合わさり、つながり、重なり合い、やがてそれぞれがもとの本の姿へと立ち戻っていく。

紙と本とが舞い踊る部屋の中で、悄然《しょうぜん》と立ち尽くしている白衣の学者。

その丸い肩がずいぶんと寂しそうに見えた林太郎は、すぐそばの卓上で形を取り戻した一冊の本を手に取り、学者の前に差し出した。

学者が本の表紙を見てつぶやく。

「『走れメロス』……」

「僕も好きな物語です。たまには声に出してゆっくり読んでみたらどうですか。少し時間はかかりますが、後悔はしないと思います」

学者はその薄い一冊を受け取り、しばし身じろぎもせず見つめていた。

舞い踊る紙片の吹雪はなお勢いを緩めない。けれどももともとの姿を取り戻したいくつもの本たちが、紙の奔流を離れて壁に据えられた書棚に収まっていく。飾り気のない小さな本から、革張り装丁の豪奢な大著に至るまで、次々と書架に戻っていく様子は、なかなか壮観だ。

気がつけば、そんな部屋全体が、徐々に淡い光に包まれ始めていた。と同時に、ふいに「歓喜の歌」の旋律が、林太郎の耳を打った。

林太郎は卓上のラジカセに目を向けたが、カセットテープは動いていない。

学者が、鼻歌で歌っているのだ。

『走れメロス』を片手にした学者は、楽しげに首を振りながら鼻歌を歌いつつ、ゆったりとした動作で白衣を脱ぎ、それを背後の机の上に放り出した。投げ出された白衣もまた白い光に包まれていく。

「小さな客人よ」

学者が胸元のネクタイを投げ捨てながら、林太郎に微笑を向けた。

「愉快なひとときであったよ。君に良き未来の訪れんことを」

優雅な声を響かせ、そのまま軽く会釈をするると学者はくるりと背を向けて歩き出した。

小さな背中が、鼻歌とともに、白い光に包まれていく。

楽しげな歌もやがて遠ざかり、すべてが光の中に溶けて行った。


何気なく目を覚まして、沙夜はしばし身じろぎもしなかった。

辺りを見回し、とにかく状況を把握しようとする。

寝ていた場所は夏木書店の片隅だ。小さな木の丸椅子に腰かけて、そばの書棚にもたれるようにして眠っていたらしい。毛布がかけられ、すぐ傍らには石油ストーブまで焚《た》かれてあるのは、誰かさんの精一杯の心遣いであろう。ストーブの上に置かれた白いポットから、柔らかな湯気が立ち上っている。

戸口に目を向けると明るい朝の日差しが見える。その眩《まばゆ》い光の中に立っているのは、眼鏡の縁に手を当てて何かを考え込んでいるクラスメートだ。

見慣れたはずの同級生はほとんど身動きもせず、どこか厳粛なまでの空気をまとってじっと書棚を見つめている。一冊一冊の表紙を目の奥に焼き付けるように、そしてそこに書かれた物語を心の奥に仕舞っていくように、真剣な眼差《まなざ》しを書籍の列へ向けている。

「本当に本が好きなのね」

沙夜が遠慮がちに口を開くと、林太郎は初めて気がついたように振り返り、すぐに安堵のため息をついた。

「よかった、眠ったまま目覚めなかったらどうしようかと思っていたんだ。とても深い眠りだったから」

「朝練続きで疲れているのよ。言っとくけど、普段からこんなにだらしなく他人の家で寝たりしませんから」

沙夜がいつにもまして活気のある声で答えたのは、なんとなく頬が紅潮するのを自覚したからだ。それを押し隠すように語を継ぐ。

「ありがとう、夏木。だいぶ迷惑かけたみたい」

「迷惑？」

「運んでくれたんでしょ。あの不思議な場所から」

沙夜の言葉に、林太郎は一度軽く目をそらし、それからわざとらしく首をかしげて見せた。

「なんか変な夢でも見たんじゃない？」

「あのねえ……」

沙夜は座ったまま少しだけ視線を厳しくする。

「もしかして全部夢だったことにしようと思ってる？　それは無理よ。全部覚えているから。話ができる猫、本棚の通路に、変な本の研究所。もっと言おうかしら？」

「いや、十分だよ」

慌てて林太郎は両手を振った。

「無駄なあがきはやめておきます」

「よろしい」

沙夜は笑ってうなずいた。

その脳裏には、あの不思議な景色がいくつも浮かんでは消えていく。

足早な白衣の人々、延々と続く下り階段、鳴り響く第九と奇妙な対話。

その対話の途中から沙夜の記憶は曖昧になる。深い海に沈んでいくような茫洋《ぼうよう》とした薄暗がりの中で、クラスメートの温かな手が自分を引き戻してくれたという感覚がたしかにある。

この物静かな少年のものとは思えぬほど、頼もしい手であった。

「あの猫ちゃんは？」

ふいの沙夜の問いに、林太郎は首を左右に振る。

「帰り道でいなくなったよ。前の時もまともな挨拶もないまま立ち去ったんだけどね」

「ということはまた会えるかもしれない？」

「ずいぶん嬉しそうだね」

林太郎は困惑顔になりながら、

「僕としては、これ以上、わけのわからない出来事に、委員長を巻き込みたくはないんだけど」

「もう十分巻き込まれてるわよ」

敢えて明るい声で告げた沙夜は、そのまま立ち上がって大きくひとつ伸びをした。

戸口の外には鮮やかな日が差している。店の時計を見ると戸口をくぐった時からほとんど時間は過ぎておらず、まるで今ここへ来たばかりのようだ。本当にすべてが夢であったかと思ってしまうほど、ありふれた日常がそこにある。

澄み切った朝の光に目を細めながら、沙夜は唐突に話頭を転じた。

「引っ越しの準備は順調なの、夏木」

「何もしていないよ」

「何もって……、大丈夫なの？」

「大丈夫じゃないんだろうけど……」

首をかしげた林太郎は、

「なんとなく納得できていないような気がして」

「納得？」

「どう言っていいかわからない。ここを離れたくないって気持ちかな。そんな悠長なこと言ってられないのはわかっているけれど、うまく折り合いがつけられなくて自分でも困っているんだ。だから今はとりあえず、黙って考えているんだよ」

「考えてどうにかなるもんじゃないでしょ」とは沙夜は言わなかった。

どこか遠くを見つめるような様子で沈黙してしまったその横顔を、沙夜は少し意外な心地で見つめていた。

林太郎の言葉はいつものごとく歯切れが悪い。何を言おうとしているのかわかりにくいし、時には途中でうやむやになってしまうこともある。けれどもそれは、単に優柔不断だとか、決断力がないとかいうのとは少し違うように見える。言うなれば、胸の内にあるたくさんの思いについて、できるだけ生真面目に向き合おうとする態度の表れなのだ。

こういう奴なんだ……。

沙夜はなにか特別な発見でもしたように、軽く目を見開いた。

消極的で頼りない印象の向こうに垣間見《かいまみ》えたのは、馬鹿正直なまでの生真面目さ、ということになるかもしれない。

ふいに戸外を数人の女子高生たちの華やかな笑い声が通り過ぎていった。

それを機会に、沙夜は明るい声を響かせた。

「ねえ、なにかお勧めの本教えてよ」

林太郎が戸惑いがちに応じる。

「いいけど、僕が勧める本は、けっこう手ごわいよ」

「構わないわ。今更あらすじに頼ろうなんて思わないんだから」

「それは心強い覚悟だね」

笑ってうなずいた林太郎は、本棚に目を向けつつ、右手をそっと眼鏡の縁に当てがった。

そのままじっと書棚と向き合う姿は、まるで経験と思慮にあふれた老練な学者のようで、沙夜は少しだけどきりとする。

「さて……何がいいかな」

ゆったりとつぶやく林太郎は、いつもの頼りない印象が嘘のように、自信と活力に包まれて見える。

澄んだ朝日の中で黙考するクラスメートを、しばしの間、沙夜はまぶしげに目を細めて見守り続けていた。

第三章　第三の迷宮「売りさばく者」

「じゃあ、今日の授業は終わりだ。気をつけて帰れよ」

教壇の上から担任の教師のよく通る声が響き、ほとんど同時と言っていいタイミングで、教室中の生徒たちがバタバタと立ち上がり始めた。

「やっと終わりかよ」

「腹減ったなあ」

「お前、今日も部活か？」

そんな声が飛び交いつつ、教室の中はたちまち騒々しい空気に包まれる。

柚木沙夜もまた、ノートと教科書を手際よく鞄《かばん》に放り込んで席を立ち上がった。立ち上がりつつ、ちらりと窓際に目を向ければ、がやがやと言葉を交わすクラスメートたちの間に、ひとつだけ空席がある。

「今日も休みか……」

夏木林太郎の席である。

もともと影が薄いから、休んだところで教室の空気になんの変化もないし、格別気にする生徒もいない。数日前の朝までは沙夜も皆と同じであった。

しかし今は少し違う。

クラスをまとめる学級委員長だからとか、近所だからまた連絡帳を届けなければいけないからとか、細かい理由を挙げることもできるのだが、それが核心ではないことは沙夜自身もわかっている。

存在感の希薄な読書少年に過ぎなかった林太郎の印象は、不思議なトラネコとともに、今は異なる姿で沙夜の胸に浮かんでくる。

「お、夏木の奴、今日も休んでるのか」

ふいにそんな言葉が降ってきて、沙夜は廊下の方を振り返った。

窓越しに、背の高い上級生の姿がある。

バスケ部の部長にして学年首席の頭脳を有する秋葉良太だ。授業が終わったばかりの教室に、不必要に爽やかな笑顔を振りまいて、女生徒たちの熱い目線と黄色い声を集めている。

「何の用ですか、秋葉先輩」

沙夜はあからさまに冷ややかな視線を向ける。

二人とも生徒会に所属しているため、普段からある程度の接点があるのだが、この優秀な先輩がまとっている浮薄《ふはく》な空気を、沙夜は今ひとつ受け付けない。受け付けないものを社交辞令で押し包むのは性に合わないから、遠慮なく距離を置いているのだが、気づいているはずの秋葉は、むしろ面白がって声をかけてくる。

「結局夏木の奴、全然学校に来てないんだな。困ったもんだ」

「一緒になってさぼっていた先輩が言っても、全然説得力ないですよ」

「心外だなぁ。俺は、家族を亡くして引きこもっている可哀想《かわいそう》な後輩を励ましに行っていたんだぜ」

通りすがりの女生徒にウインクを送りながら、言うだけかえって無粋なことをわざわざ口にする。

沙夜は白い目を向けながら、

「じゃあ、励ましついでに、連絡帳を頼んでもいいですか？　昨日の分のプリントもあるんです」

「なんだ。君が行ってやらないのか？」

「おじいさんを亡くして落ち込んでいる男子の励まし方なんて、私には難しすぎるんです。こういうことは男子同士の方が伝わるんじゃないですか」

「悪いけど、頭脳も運動神経も容姿も性格も、あいつと俺じゃあんまり違いすぎるもんだから、わかりあうのも結構大変なんだよ」

相変わらずにこやかに毒を吐く先輩である。

「それにだな」と秋葉は意味ありげな笑みを向ける。

「夏木の店で本を買ったのなら、やっぱり君が行くべきじゃないかな」

その目は、沙夜が抱えていた大きな単行本を正確にとらえている。

「吹奏楽部の副部長さんが、古典にご興味がおありとは思わなかった」

「本屋さんに閉じこもって本ばかり読んでいるクラスメートを見ていれば、少しくらい読んでみようかって気にもなります。でも開いても開いても活字ばかりだから肩がこって嫌になります」

「だけどオースティンってのはいい選択だ」

秋葉の口調が、少しだけ変わったように聞こえた。

「文学の入門書としても入りやすいし、女子向きって面もある。さすが夏木だな」

笑った上級生の目元には、切れ者の彼らしからぬ柔らかな光が瞬いた。

まったく……、と沙夜は胸の内でため息をつく。

――本好きって、本の話になると、普段とは全然違う表情をする。

そんな姿に、淡い戸惑いを覚えつつ、沙夜はそっと『自負と偏見』を抱えなおすのである。

「じゃ、あとはよろしくね、林《りん》ちゃん」

張りのある声とともに、エンジン音が響き渡り、白いフィアット500が軽快に走り出した。

時刻は夕暮れ時。日は傾き始め、青く澄み渡っていた冬の空は、おおかた茜《あかね》に染まりつつある時分だ。

叔母の乗った小さな自動車を見送る林太郎は、とりあえず心配をかけないよう大げさに右手を振りながら見送る。白い車体が向こうの角を曲がったのを確認して、ようやくため息をつきながらつぶやいた。

「林ちゃんはないよ、叔母さん……」

それが率直な感慨である。

耳元には、今しがた去っていったばかりの叔母の張りのある声が残っている。

「いいわね、林ちゃん。自分の荷物をちゃんとまとめて、引っ越しの準備をすすめておくのよ」

祖父が亡くなって以来、毎日のように林太郎の家に通ってきていた叔母が、この日とうとう引っ越しの日時を告げたのだ。

明るく楽天的な性格のこの叔母に対して、今のところ林太郎は思っていたほど気を遣わずに済んでいる。小柄なわりに肉付きのいい愛嬌《あいきょう》のある姿で、白のフィアットに窮屈そうに乗り込む叔母の様子は、なんとなく古い絵本に出てくる森の小人のような印象だ。

しかし外見に比して、意外なほどてきぱきと仕事を進めていく人物で、祖父の部屋の片付けも順調に進んでいる。

〝いつまでも部屋に閉じこもっているような生活をしていると気持ちが負けてしまいますよ〟

その言葉が叔母なりの心遣いであることは林太郎にもわかる。このままただ茫然《ぼうぜん》と書店に閉じこもっているわけにいかないことも明らかである。しかし林太郎の気持ちとしては、まだどこかに立ち止まったままといった感が確かにある。

叔母のフィアットを見送ったところで、ちょうど道路の向こう側に、学校帰りの学級委員長を見つけて、林太郎はなんとなく救われたような心地がした。

「珍しいわね。引きこもりが外に出ているなんて」

沙夜はいつもの快活な足取りで歩み寄ってきた。

「学校帰り？」

「学校帰り？　じゃないでしょ。また無断欠席じゃない。なにやってるのよ」

委員長の鋭い視線は、遠慮がないだけにむしろ気持ちがよい。

林太郎は慌てて話題を転ずべく、通りの向こうに目を向けた。

「叔母さんだよ。いい加減、引っ越しの準備をしなさいって言ってきた。来週には、引っ越し屋さんが来るんだって」

「来週？」

沙夜は機先を制されたように眉を開く。

「じいちゃんが逝って、そろそろ二週間だからね。いつまでも世間知らずの高校生をひとりで放置しておくわけにはいかないんだと思う」

「相変わらず、他人事《ひとごと》みたいに落ち着いているのね」

「落ち着いてるわけじゃないんだけど……」

「またひとりであれこれ考え込んでいるわけだ。たまには考えることやめないと、脳みそがオーバーヒートするわよ」

あっさり先回りする沙夜に、林太郎は苦笑するしかない。

「柚木にわざわざ連絡帳を届けてもらうのも、今日で終わりだと思うよ」

「連絡帳だけじゃないわ」

沙夜は、小脇に抱えていた本を林太郎の前に持ち上げた。

「とっても面白かった」

沙夜の言葉に、今度は林太郎が驚く番だ。

「もう読んだの？」

「読んだわ。おかげで二日間、ひどい寝不足」

迷惑そうな口調のわりに、目元に微笑がある。その目を店の中に向けて、

「次の本、教えてよ。引っ越しまであと二日しかないなら、二、三冊まとめて買っていってもいいわ」

沙夜はさらりと告げると、返事も聞かずに書店の中へと入っていく。

慌てて沙夜のあとを追いかけた林太郎は、しかし戸口をくぐったところで、ふいに

立ち止まった沙夜にぶつかりかけた。

「柚木？」と問いかけた林太郎は、書店の奥を見やって事態を理解した。

「青春ではないか、二代目」

にこりともせずそんなことを告げたのは、三色の毛並みに翡翠《ひすい》の瞳を光らせた恰幅《かっぷく》のよいトラネコである。

青白い光を放つ書架の通路を背にして、悠然たるたたずまいだ。

「相変わらず暇そうでなによりだ」

「あいにく引っ越しの準備で大忙しだよ」

「安っぽい出まかせだな。なにひとつ準備などしていないではないか」

林太郎の抵抗をあっさり駆逐したトラネコは、軽く首をめぐらせて沙夜に向き直ると、今度は慇懃《いんぎん》に頭をさげた。

「またお目にかかれて光栄だ。二代目がいつも世話になっている」

「どういたしまして」と答える沙夜は、戸惑うどころか明らかにこの状況を楽しんでいる。こういう適応能力の高さは、いかにも有能な学級委員長といったところだ。

「もう会えないかと思っていたわ」

「その方が良かったかね？」

「いいえ。私は会えて嬉《うれ》しい。この前もとても楽しかったし」

飾り気のない言葉に、猫は興味深げにぴくりと髭《ひげ》を震わせたが、すぐに翡翠の目を林太郎に向けた。

「実に柔軟で魅力的なお嬢さんだ。何事も後ろ向きで、理屈は一人前でも一向に行動につながらない保守的な若僧とはずいぶんな相違だ」

「否定はしないけど、だからと言って君の不法侵入が許容されるわけじゃない。毎回壁の向こうから現れて驚かされるのは、あまりいい気持ちはしないよ」

「心配はいらん」

猫は超然たる態度で答えた。

「今回が最後になる」

「最後？」

そうだ、と答えたトラネコは、一呼吸を置いてから語を継いだ。

「もう一度だけ、力を貸してもらいたい」

猫の低い声が店内に響き渡った。

「これが最後の迷宮だ」

果ての見えない書棚の通路を歩きながら、猫は感情を消した声《とも》で告げた。

両側の壁は堂々たる書架が連なり、頭上には点々とランプが灯る不思議な廊下を、林太郎と沙夜は黙ってついて歩いていく。

「お前はここまで、実に多くの本を解放してくれた。感謝している」

「改まって妙な挨拶だね」

毒舌の猫らしからぬ言葉に対して、林太郎は冷静に距離をとった。

「まるでお別れのための下準備だ」

「そういうニュアンスがないでもない」

猫の持って回った返答に、林太郎はいくらか抗議をするように語調を強めた。

「現れたときも突然でびっくりしたけど、立ち去るときも問答無用ってわけだ」

「やむをえまい。猫という生き物は、元来が人間の都合など考えずに行動するものだ」

「僕の知っている猫は、少なくとも君のように毒舌をまき散らしたりはしないんだけど」

「見識の狭い男だな。わし程度の猫なら、世界中にいくらでもおる」

振り返りもせずそんなことを言うトラネコに、林太郎はさすがに苦笑した。

「その一方的な暴言が聞けなくなるのだとしたら、残念だよ」

「早まるな。すべてはこの迷宮を乗り越えた後の話だ」

トラネコがふいに足を止めて林太郎を顧みた。その目が存外に真剣である。

「第三の迷宮の主人は、いささか厄介だ」

言葉とともに猫が翡翠の目を、林太郎から沙夜へと転じた。黙って問答を聞いていた沙夜は、ふいに向けられた視線に眉を寄せる。

「なに？」

「最後の相手は、これまでの二人とは少し違う」

「危ないから帰れってことかしら？」

猫は直接の返答を避け、もったいぶるように顔を洗った。

「どのような行動をするか読めない相手だ。二代目はおそらく一層君の身を案じるであろう」

「今回は、猫ちゃんも夏木の肩を持つわけだ」

「それは違う」

「違う？」

「わしにとって君の存在は完全に想定外だ。しかし偶発的な出来事だとは思っていない」

不思議な応答に、沙夜と林太郎は思わず顔を見合わせた。

「君がここにいることにはおそらく意味がある。それを追い返すことをわしは望まない」

「おい……」と慌てたのは林太郎の方である。

しかしトラネコは構わず、沙夜に向かってにわかに頭を垂れた。

「何かあったときは、二代目をよろしく頼む」

低くとも力強い声が響き渡った。つかの間沈黙した沙夜は、やがていつにもまして魅惑的な微笑で応じた。

「見込まれたってわけかしら？」

「二代目は、頭の悪い男ではない。しかし胆力がないから大事なときに限って及び腰になる。なかなか頼りない」

「同感だわ」

「当人を前にして、ずいぶん勝手なことを言っているけれど……」

ようやくにして林太郎が割って入った。

「なにが起こるかわからないのに付き合う必要なんてないよ、柚木」

「以前の私なら、こんなこと言われたらさすがに引き返したかもしれない。けれども今は、夏木になにかあったら私も困るのよ」

思わぬ台詞《せりふ》に林太郎は口をつぐむ。それを見て、沙夜はいたずらっぽく片目をつぶった。

「次の本を教えてもらえなくなるでしょ」

明るい声に、トラネコが小さく笑った。

「結構だ」

短く告げると、するりと身をひるがえしまた歩き出した。迷わず沙夜もあとに従った。

取り残された形の林太郎に、選択肢のあろうはずもない。慌ててあとを追いかけ始めたところで、すぐにあたりは白い光に包まれていった。


光が去ったあとの景色は、異様なものであった。

最初に目に入ってきたのは、ゆるやかに蛇行する細長い通路だ。ここまで歩いてきた廊下と同じ程度の広さではあったが、それ以外はまったく様子が違う。

まず頭上に、晴れ渡った青空が広がっていた。これまでのランプが連なった薄暗い廊下と異なり屋外ということである。両側には林太郎の背丈をはるかに越える高さの壁が連なっているから、周囲を見渡すことはできないが、降り注ぐ明るい日差しのおかげで、ずいぶんと開放的な空気である。

しかしどれほど開放的に見えても、心穏やかならざる光景が立ちふさがっていた。

え？　と最初に短い声を発したのは、沙夜である。

「なによこれ！」

甲高い声には、悲鳴にも似た響きが含まれていた。声にこそ出さなかったが、心情は林太郎も同様であった。

通路の両側にそびえる壁は、無造作に積み上げられた本でできていたのだ。

積み上げるといっても、整然と重ねられている状態ではまったくない。あるものは千切れ、あるものは押しつぶされ、下部の本は上部の本の重みでひしゃげて、ほとんど形態を保っていないものも多い。何の配慮もないまま本が積まれていった結果、ずいぶんな高さになってしまったという様相だ。

林太郎のような本好きでなくとも、見ていて気持ちのよい光景ではない。

「行くぞ」

トラネコの低い一言で、一行は我に返った。

答える言葉はない。言葉にできない心境は、沈黙でもって表現するしかないのである。

林太郎と沙夜はどちらからともなく顔を見合わせると、小さくうなずきあって歩き出した。

静寂に満ちた通路は、不規則に蛇行を続け、見晴らしが利かないだけにたちまち方向感覚が失われていく。ただでさえ退廃の空気が漂う風景は、不釣り合いに陽気な日差しのおかげでいっそう圧迫感と虚無感が強調され、なにか粗悪な近代芸術作品のただ中を無理やり歩かされているような心地になってくる。

どれほど進んだのか、さほど歩いてはいないのか、距離感もはっきりしないうちに、通路の前方に巨大な灰色の壁が見えてきて、沙夜はほっとするように声を発した。

「行き止まり？」

「目的地ってことかな」

林太郎が一度足を止めて頭上を見上げた。

前方に立ちふさがる無機的な灰色の壁面には無数の正方形の窓が並んでいる。窓の並んだ大きな壁は、そのままはるか頭上の白い靄《もや》の中へ溶けている。両側の本の壁に遮られて全貌を把握することはできないが、要するに、通路の先には巨大な高層ビルのような建物が屹立《きつりつ》しているということである。

さらにいくらか歩き続け、やがて見えてきた灰色のビルの根本には、いかにもといった様子の大きなガラス扉があり、扉の上にはご丁寧に「ENTRANCE」の文字まで掲げられていた。

「お入りください、というわけだ」

格別感銘を受けた様子もなく告げた猫は、遠慮なく歩み寄っていく。

扉の下まで近づくと、ガラスの扉は音もなく左右に開いて林太郎たちを迎え入れる。と同時に、どこからともなく薄紫の清潔なスーツに身を包んだ女性が出てきて一礼した。

「世界一の出版社、『世界一番堂書店』にようこそ」

完璧なまでに機械的な声と機械的な笑顔であった。おまけに自己紹介で〝世界一〟とはなかなか太い神経である。

「お名前とご用件を伺ってもよろしいですか？」

無意味な朗らかさを伴った声に、機先を制された形の林太郎はそれでも何とか口を開いた。

「ビルの外に、本が山のように積み上げられていました。あれはなんですか？」

ビルの外？　と女性が笑顔のまま首を左へ三十度ほど傾けた。慇懃無礼というのはこういうことを言うのかと、林太郎は妙なことに納得するが、感心してばかりもいられない。

「ビルの外です。本がひどく乱暴に……」

「まあ、お客様は外を歩いていらしたのですか。それは大変に危険です。お怪我《けが》がなくて何よりです」

胸元に手を当てて眉を寄せ、めいっぱい心配そうな顔を形づくる。

じわじわと言葉にならない疲労感が満ちてくる。ため息をついた林太郎に猫の冷静な声が届いた。

「やめておけ、二代目。どう見てもこの娘は対話の相手ではない」

「そのようだけど……」

肩をすくめた林太郎に、再び女性が告げた。

「お名前とご用件を伺ってもよろしいですか？」

完全な棒読みの問いかけに、それでも林太郎は少し考えてから答えた。

「名前は夏木林太郎。用件は……社長さんに会うこと、かな」

行き当たりばったりなその返答に対して、律儀に一礼した女性は、すぐそばの受付台に歩み寄り、受話器をとりあげて何事か話していたが、すぐに戻ってきてまた一礼した。

「お待たせしました。社長がお会いになるそうです」

「今すぐ？」

「もちろんです。せっかくいらしたお客様ですから」

一方的に告げると返事も聞かず先に立って歩き出した。

要領がいいのか悪いのか、さっぱりわからない。どういう意図があるのか、もとより意図も創意もなにもないのか、林太郎にはさぐる由もないが、とにかく不毛なやり取りから解放されたことは事実のようだ。

「いきなりの訪問客に会ってくれるなんて、案外気さくな社長さんなのかな」

「なに能天気なこと言ってるのよ」

近づいた沙夜が耳打ちした。

「社長って言ったら、だいたい性格の悪い禿《は》げたデブに決まってるでしょ。油断してると痛い目に遭うわよ」

沙夜の容赦の無い偏見に気圧《けお》されつつ、林太郎はとりあえず女性のあとについて歩き出した。

導かれたのは、飾り気もないまっすぐな通路である。足元は磨き上げられた黒い御影石《みかげいし》が敷き詰められて、林太郎たちの姿が鏡のごとく映るほどだ。塵《ちり》ひとつない真っ黒な通路の中央には、対照的に真っ赤な絨毯《じゅうたん》が一本道のごとく敷かれ、女性はその上を足早に歩いていく。

しばらく行くうちに、やがて何の前触れもなく女性は立ち止まって振り返った。

「ここから先は案内人が交代します」

見ると、赤い絨毯の先に黒スーツの男が立っている。

男は馬鹿丁寧なほど低く林太郎に頭を下げ、

「この先はバッグや手荷物などの持ち込みはできなくなります」

抑揚のない声でそう告げた。

言われるまでもなく、林太郎たちに手荷物などありはしない。男も言うだけ言うと、何事か確認するわけでもなく、あっさりと背を向けて歩き出した。林太郎と沙夜は顔を見合わせつつ、今度は男のあとへ続いていく。

しばし行くと、また前方に、今度は青いスーツの男が立っていた。

スーツの色は違うが動作は黒スーツの男と異なるところはなく、深々と頭を下げると、

「ここから先は、権威や肩書の持ち込みはできなくなります」

眉ひとつ動かさずそんなことを言った。

言うだけ言って、黒スーツの男と同様、さらりと背中を向け先に立って歩き出した。

「何かの冗談かな？」

「冗談の通じる相手であればよいがな」

トラネコの返答はあまり心穏やかなものではない。

青スーツの男についていくと、やがて黄色いスーツの男が待っており、

「ここから先は、悪意や敵意の持ち込みはできなくなります」

そんな言葉が告げられる。

もはや林太郎もいちいち突っ込まない。

黄色スーツとともにさらに進んでいくと、ふいに通路を抜けて開けたホールに出た。

林太郎と沙夜は同時に小さく驚きの声をあげていた。

そこは広々とした円筒状の空間で、頭上は天井が見えないほど高い。辺りを見渡せばホールのあちこちからいくつもの階段がほとんど無造作に頭上に向かって生えてい

る。それらは上空で複雑に交差し、何層にもわたって蜘蛛《くも》の巣のような空中回廊を形成している。

なにやら精密な宇宙船の内部骨格でも眺めているような心持ちだ。

「長らく、お疲れさまでございます」

黄色スーツがそう告げて、前方を示した。

赤い絨毯はホールの中央に延び、そこには頭上へまっすぐに延びる一基の大きなエレベーターが据えられてある。エレベーターの脇には赤いスーツの男が立っており、林太郎たちが歩み寄ると、例によって律儀に深々と頭を下げた。と同時にエレベーターの扉が開き、ガラス張りの四角い空間が現れた。

「社長がお待ちです。お乗りください」

平坦な声に促されるまま、林太郎たちが乗り込みかけたところで、しかし赤スーツがにわかにトラネコの前に立ちふさがって慇懃に頭を下げた。

「申し訳ありませんが、ここから先は犬や猫の持ち込みはできなくなります」

機械のような声が、冷然と響き渡る。

驚く林太郎と沙夜に対して、しかしトラネコは慌てない。のみならず抗議の声をあげようとした林太郎を鋭い目で制する。

「言ったはずだ。今回の相手は厄介だと」

なお何か言おうとする林太郎を黙殺して、猫はその目を沙夜に向けた。

「君がいてくれて何よりだ。この頼りない二代目をひとりで行かせるのは、わしとしても実に心許ない」

「……そのために私が来たのかもね」

沙夜が苦笑を浮かべると、猫の翡翠の目にもかすかな笑みがかすめていった。そんなささやかなやり取りを押しのけるように、

「最上階ボタンをお押しください」

赤スーツの声が、有無を言わせぬ迫力を持って割り込んできた。

最上階ボタン、と言っても中にはたったひとつのボタンしかない。大きなプレートの真ん中に、わざわざ「最上階」と書かれたボタンがただひとつ。

つまり、

「帰りのボタンがないわ」

「ちゃんと決着つけて、自力で帰って来いということかな」

林太郎は軽くため息をつき、それから外のトラネコに目を向けた。

一瞬の沈黙ののち、静かに告げる。

「行ってくるよ、相棒」

「頼んだぞ、二代目」

揺るぎない猫の声に背中を押されるように、林太郎は「最上階」のボタンを押した。

速やかに扉が閉じ、エレベーターは軽い振動とともに滑り出した。


赤スーツとトラネコを眼下に置き去りにして滑り出したエレベーターは、すぐに張り巡らされた空中回廊の中に飛び込んでいった。四方を取り囲む無数の直線の交差した幾何学的な立体構造物の中を、スピードを上げて昇っていく。

見渡す限り縦横に張り巡らされた階段には人影のひとつもなく、なにやら大がかりなだまし絵のようだ。

「階段を上れと言われなくてよかったよ。あれを全部歩かされるのは骨が折れる」

ようやく林太郎がつぶやいた。

それが重苦しい沈黙を追い出すための、林太郎の精一杯のユーモアだと気がついて、沙夜は微笑した。

「意外と心細いものね」

「口が悪くて無意味に偉そうなトラネコでも、いないよりはいた方が気晴らしになるね。枯れ木も山のにぎわい、というやつかな」

「枯れ木が怒るわよ」

二人は顔を見合わせて小さく笑った。

エレベーターの外は、徐々に暗くなっている。建物の中だというのに、ゆっくりと日が暮れていくようだ。窓外の複雑な構造物が暗闇に沈み、視界がきかなくなってくると、エレベーターは昇り続けているのか、動きを止めているのかさえ、はっきりとはわからなくなっていく。

「最初は、帰れなくてもいいって思っていたんだ」

ほとんど無意識のうちに林太郎はつぶやいていた。

沙夜は黙ってその横顔に目を向ける。

「最初にあの不思議な猫に連れ出されたときは、夢なら夢のまま覚めなくていいと思ったし、もし夢じゃないんなら、帰れなくなっても構わないって思ってた」

林太郎は眼鏡の位置を直すように、軽く手を当てる。

「でもあいつが現れてから、いろいろと考えることがあってさ。なんだか少し見える景色が変わった気がしてるんだ」

「投げやりな性格がいくらかでも前向きになったんなら、いいことだと思うわ」

沙夜の気兼ねのない言葉に林太郎は苦笑しながら、

「消極的な性格は認めるけど、クラスの学級委員長を危険にさらしたくないって気持ちは本当だよ」

「夏木の台詞って、ときどき女の子を口説いてるんじゃないかって思うわ。それも本の読みすぎの影響？」

「言い直すよ。変なことに巻き込んで悪かったって言いたかっただけ」

「そういうの、余計な気遣いって言うの。私は結構楽しんでるんだから。それに夏木の意外な一面が見られて、ちょっと刺激的だし」

「意外な一面？」

「なんでもないわ」

さらりと答えて、今度は声をあげて笑った。

沙夜の脳裏には、あの不思議な地下の研究室で白衣の学者を相手に堂々と渡り合っていた林太郎の姿がある。なかば夢心地の記憶ではあったが、それでも沙夜にとっては、強烈なインパクトを与えた光景であった。むろん林太郎の側に自覚のあるはずもない。

林太郎が何事か問い返そうとしたそのタイミングで、唐突にエレベーターが減速する感覚があり、あっと思うまもなく停止した。

音もなく扉が開くと、外には薄暗い空間が広がっている。薄暗いゆえに広さはよくわからないが、中央に敷かれた真っ赤な絨毯が、行く先を示すかのごとくまっすぐ前方に延びている。先にあるのは、幾何学模様の彫刻の入った重厚な木製扉だ。

いかにも意味ありげで威圧感のある扉である。

「頼むわよ、夏木」

「頼むって言われても……」

「大丈夫」

すこぶる士気の低い林太郎に、沙夜は落ち着いた声を投げかけた。

「夏木って自分で思ってるより、度胸があると思うわ。特に本の話なら、怖気《おじけ》づく必要なんて全然ない。あの秋葉先輩だって一目置いているんだから」

唐突な登場人物に林太郎は当惑する。

「秋葉先輩が？」

「学校じゃ結構、夏木のこと褒めてるのよ。ちょっと軽薄なところが私は苦手だけど、嘘《うそ》をつく人じゃないでしょ」

からりと晴れ渡った冬空のように、沙夜の言葉は爽やかだ。

林太郎の腹の底に、じんわりと温かいものが広がっていく。勇気と言えば大げさだが、それはきっと勇気を生み出す源のような感情だ。

ふいに沙夜の白い手が林太郎の背中を叩《たた》いた。

「ちゃんと私を連れ帰ってよ、夏木」

叩かれるまま踏み出した足は、やわらかく絨毯を踏む。

心細くないと言えば嘘になる。

けれども、と林太郎は前方に目を向ける。

今はきっと、前に進むべきなのだと、なぜか静かな確信があった。

林太郎は大きくひとつ息を吐きだすと、まっすぐに前に向かって歩き出した。


「お前ってほんと本が好きなんだな」

秋葉良太の開けっ広げな声が、林太郎の耳の奥に響いていた。

林太郎が高校に入ったばかりで、まだこの優秀な上級生と知り合ってさほど時間が過ぎていない頃のことだ。

ぽつぽつと夏木書店にやってくる一学年上の先輩に対して、林太郎はいつもある程度の距離を置きつつ対応していた。

なにせ相手は、バスケット部のエースで、学年首席を維持しつつ、生徒会でも活動するという、尋常でない才覚の持ち主である。細々と祖父の古書店に閉じこもって生活をしている林太郎にとっては、別世界の住人であったのだ。

そんな偉大な上級生がなぜわざわざ夏木書店に足を運んでくるのか、一度だけ真面目に聞いたことがある。

「そりゃ、いい本があるからに決まってるだろ」

何を今さらといった様子で秋葉は答えた。

不思議そうな顔をする林太郎に対して、秋葉は呆《あき》れ顔で、

「この書店のすごさを、中にいるお前がわかっていないんじゃ、じいさんも報われないなあ」

そんなことを言いながら秋葉は、夏木書店の魅力について熱心に語ったものだ。

ここには、世界中の名作と言われている本が並んでいる。どれもこれも長い年月を乗り越えてきた特別な作品だが、そういったものが巷《ちまた》の普通の書店からはどんどん姿を消していて、手に入れるのが容易でなくなってきている。

「ところがここに来れば、大概はそろっているんだ」

とん、と目の前の書棚をノックするように軽く叩く。

「アンダスンやジョンソンが置いてないってのは仕方がないだろうが、最近じゃ、カフカやカミュだって絶版になっている作品があるし、シェイクスピアだってちゃんと並べてる本屋は少ない」

なぜ、と問えば、返答は簡単だ。

「売れないからだよ」

拍子抜けするほど短い応答であった。

「本屋だってボランティアじゃないんだ。売れなきゃやってられなくなる。だから売れない本は消えていく。そんなご時世にこの古書店は、まるで売れなくなったものから並べるみたいに、がっつり重厚なラインナップだ。まあ古本屋だからできる品揃《しなぞろ》えなのかもしれないが、どっちにしてもここに来れば、よほどの稀覯本《きこうぼん》じゃなければだいたいの代表作は手に入るって寸法だ」

とんとんと、書棚の木枠を叩きながらそんなことを言う。

おまけに、と秋葉はふいににやりと笑って、林太郎を見た。

「この膨大な小難しい蔵書について、徹底的にくわしい案内人が店にいるんだぜ」

「案内人？」

「コンスタンの『アドルフ』って置いてあるか？　この前ネットで、面白い小説だって書いてあるのを見たんだ。ほかじゃなかなか見かけないんだが」

ありますよ、とうなずいた林太郎は、少し奥の書棚から古びた小さな中編小説を引き出してきた。

「バンジャマン・コンスタン作。かなり独特の心理描写で有名な作品です。十九世紀初頭のフランスだったと思いますが」

差し出した本にすぐには手を伸ばさず、秋葉は、本と林太郎をおかしそうに見比べている。

やがて、とうとう抑えきれなくなったように楽しげに声をあげて笑った。

「お前ってほんと本が好きなんだな」

夏木書店には似つかわしくない、陽気な笑い声であった。

「『世界一番堂書店』にようこそ」

巨大な扉を押し開けたとたん、揚々たる声が、室内に響いた。

室内と言っても、学校の教室くらいはありそうな大きな空間だ。

天井には巨大なシャンデリアがぶらさがり、足音を完全に消してしまうほどの深い絨毯が敷き詰められ、三方の壁はすべて真っ赤なカーテンで占められている。

そんな無駄に高級感をただよわせた豪奢《ごうしゃ》な空間の一番奥には、艶《つや》光りする大きな机が置かれ、机の向こうに人影がある。真っ白な頭髪が印象的な、痩せた初老の紳士であった。

黒いオフィスチェアにゆったりと身を預け、スリーピースを隙なく着こなして、机の上で手を組み穏やかな瞳を向けている。

「イメージ違うわね」

沙夜がこっそりとささやいた。

「禿でもデブでもない社長なんて変だわ。社長の振りして、意外に苦労性の中間管理職とかなんじゃない？」

完全な偏見だけの論評に林太郎は苦笑する。こういう沙夜の遠慮のなさは、林太郎には無縁のもので、ほとんど眩《まぶ》しいくらいだ。

椅子の男性は、右手をあげて会釈した。

「どうぞお入りください。私が弊社の社長です」

社長は持ち上げた右手を巡らして、目の前のソファを示した。座ってくれてよいということであるが、しかしやたらとふさふさの毛に包まれた豪華なソファに、二人ともなんとなく気おくれがして座れない。社長も存外気にしない。

「わざわざ訪ねてきてくれて恐縮です。ここまで来るのはなかなか大変だったでしょう。エントランスから結構遠いし、セキュリティも固いですからね」

「大切な友人が立ち入り禁止だと言われました」

「ああ」と社長は白い眉の下の目を細めた。

「すみませんね。私は猫が嫌いでして」

「苦手なんですか」

「苦手じゃありません。嫌いなんです。特に頭のいい猫はね」

柔和な笑みを浮かべた口元から、ふいにギラリと刃物をひらめかせるような言葉が投げ出された。思わず身を固くした林太郎の様子に、社長は気づいているのかいないのか、少なくとも外見には何の変化も見て取れない。

「夏木書店からのお客様に失礼とは思いましたが、こればかりは申し訳ありません」

「夏木書店をご存じで？」

「もちろん」

社長は細い顎を撫でながら、

「今時売れもしない難解な本を山のように並べて、自己満足にひたっている時代遅れのむさ苦しい古本屋でしょう。義理も責任も重圧もないお気楽な身分でまことにうらやましいですね」

にっこりと社長は微笑んだ。

不意打ちではあっても、今度こそ確かな宣戦布告の声であった。

その唐突さに沙夜はたじろいだが、しかし林太郎は怯《ひる》まなかった。

男の笑顔の背後に、最初から奇妙に不穏な空気が流れていたことを、なんとなく感じ取っていたのである。だいたい相棒のトラネコを足止めした時点で、ろくでもない相手であることは想定の範囲内だ。

身構える林太郎に対して、社長は、口調と表情だけはあくまで穏やかに語を継いだ。

「そんな奇矯な古書店からのお客様ですから、私としてもお迎えするのが、とても興味深かったんです。どんな妄言を聞かせてくれるのかと……」

「部屋の内装をもう少し考えた方がいいですよ」

唐突に林太郎が口にした単語に、男はさすがに返答に窮したようだ。

「内装？」

「こんな頭の痛くなるようなキラキラのシャンデリアとか、無駄に暑苦しい絨毯を敷き詰めて客に見せびらかす態度は、悪趣味以外の何物でもありません。冗談でやっているのでないのなら、早めに変更した方が良いと思います」

社長は、笑顔はそのままに白い眉を小さく震わせた。

しかし林太郎の言葉は止まらない。

「失礼を言ってすいません。でも、おかしなことをしている人には、たとえ敵意を買っても、ちゃんと教えてあげるのが心ある行為だと、じいちゃんは言っていました。あんまりひどくて見るに堪えなかったんです」

「ちょっと、夏木……」

さすがに慌てた沙夜の制止の声に、林太郎もようやく口を閉ざした。

我ながら、柄にもなく喧嘩腰《けんかごし》だと林太郎も思う。

こういう攻撃的な態度は自分の性分ではなく、いくらか地味で不体裁であっても少しずつ道理を積んで話を進めていく方が得意であるという自覚もある。なによりその方が、穏当であるし、建設的でもある。けれどもそこまでわかっていながら、林太郎は今はっきりと反撃を試みている。理由は明確である。笑われたのが自分ではなく、夏木書店であったからだ。

初老の社長は、しばし身じろぎもしなかったが、やがて小さく息を吐きだした。

「どうやら当方の読み違いがあったようですね。夏木書店にこんな気概のある少年がいたとは知りませんでした」

「気概なんてわかりません。僕はただ、本が好きなだけです」

「なるほど」

社長は鷹揚《おうよう》にうなずいた。

うなずいてから、少し考えて、今度は軽く首を左右に振った。

「本が好きですか。困ったものですね」

なかば独り言のように告げると、社長は細い腕を伸ばして卓上にあった大きなボタンをカチリと押した。とたんに何か低い機械音が響き、やがて壁を閉ざしていた真っ赤なカーテンがゆっくりと開き始めた。

林太郎たちが入ってきた背後の壁以外の三面のカーテンが一斉に動き出し、にわかに外光が室内に差し込んで来た。

最初、林太郎はまぶしさに目を細めたこともあって、状況を正確には把握できなかった。

林太郎たちがいるのは、超高層ビルの三面に窓のある一室であるらしい。窓からは、周りにもいくつもの似たような巨大ビルが建っているのが見える。

そのビルの窓という窓から、何か白いものが盛んに吐き出され、雪のようにはらはらと地上に降り注いでいる。

やがて目が慣れてきたところで「あ！」という沙夜の短い悲鳴が聞こえた。と同時に林太郎もまた窓外の景色を理解して、息を呑《の》んでいた。

中空に撒《ま》き散らされている雪のようなもの。無数の窓から放出され、宙を舞い、はるか下方の地上に向けて絶え間なく降り注いでいるもの。それらのひとつひとつすべてが本であったのだ。

ビルの窓から次々と投げ出された無数の本たちが、風にあおられながら、右に左に揺れつつ大地に散っていく。場所によっては、ビルが吹雪に煙っているように見えるところもあるから、それらがすべて本だとすれば、常軌を逸した数である。

中空だけではない。見下ろせば、眼下もまたにわかに信じがたい景色である。地上見渡す限りことごとく、何千何万という本が積み上げられた書物の荒野が広がっているのだ。

呆気にとられている林太郎と沙夜の視界で、手が届きそうなほど窓のすぐ近くを本が落ちていく。つまりは林太郎たちのいるビルからも書籍が放り捨てられているということである。

「なんだかわかりますか？」

社長が穏やかな微笑とともに投げかけた。

「わかりません。ひどい景色だということは確かです」

「今の現実の世界ですよ」

林太郎は言葉も出ない。

「ここは当代一の大出版社で、毎日星の数ほど本を出版しているんです。あの大地に向けて」

「ただ意味もなく紙の束を吐き出して、ごみを増やしているだけに見えますが」

「それが現実ですから」

さらりと社長は答えた。

「ここは天下の大出版社。毎日山のように本をつくり、それを社会に向かって売りさばく。そうして得た利益でさらに多くの本をつくり、また売りさばく。どんどんどんどん売りさばいて、また利益を積み上げる」

きらびやかな指輪で飾られた社長の手が、窓外を落ちていく本をまねるように、ひらひらと宙を舞う。

林太郎は懸命に状況の理解に努めようとしたが、これは容易なことではなかった。

ふいに思い出されたのは、このビルまで歩いてくる途中に見た、乱雑に積み上げられた本の数々だ。その異様な景色と、目の前を落ちていく無数の本と、男の落ち着き払った声とが、林太郎の思考をからめとり、当惑と困惑の沼にずるずると引きずり込んでいく。受付の女性が、外を歩いてきたことを危険だと言ったことさえ、今は奇妙な滑稽味を伴って思い出された。

「冗談にしても笑えません。本は投げるものではなく、読むものです」

「甘いですね、君は」

社長は机の上にあった一冊の書物を無造作に手に取りながら、

「本は消耗品なんです。その消耗品をいかに効率よく世の中に消費していただくかを考えるのがこの仕事なんです。本が好きだとか言っていたらとてもできない仕事です。なにせ……」

社長は唐突に黒い椅子をくるりと回すと、すぐそばの窓を押し開いて、持っていた本をあっけなく投げ捨てた。窓外を舞った本は、一瞬何かを思い出したように中空で開かれたが、直後には視界から消えていった。

「これが私たちの仕事なんですから」

林太郎はふいに理解した。

トラネコが言った「最後の相手は、これまでの二人とは少し違う」という言葉の意味だ。

以前の迷宮で出会った二人の人物は、どれほど異様であっても本が好きな人物であった。本を愛していた人物たちだった。だが目の前にいる男は、微塵《みじん》も本に愛着を持っていないように見える。持っていないどころか、ごみ同然に本を扱って平然と構えている。

何をしでかすか予想もつかない、と言ったのはこういう意味であったのだ。

「大丈夫、夏木？」

ふいに聞こえた声は、沙夜のものだった。

傍らを見れば、クラスメートが強い視線を向けている。

林太郎は沙夜にうなずき返し、改めて黒いオフィスチェアに座った男に向き合った。

「僕は、友人から本を助け出すことを頼まれてここにやってきました」

「助け出す？」

「そうです。それは多分、あなたを止めてくれということだと思います」

「愚かな発言です。先ほども言いましたが、これは仕事なんです。助ける助けないな

「でもあなたは、本をただの紙屑《かみくず》のように扱っている。本をつくる人がそんな態度でいれば、読む人にだって何も伝わりません。ただでさえ本を読む人が減っているというんです。あなたのような立場の人がそういう態度でいれば、ますます人の心が本から離れて、本を読む人が減っていくんじゃないですか？」

懸命に切り込むような林太郎の声に、白髪の社長はしばし動かない。

白い眉の下の目は、感情の起伏に乏しく思考を読み取ることはできない。口元は穏やかな微笑をつくり、なお一層つかみどころのない空気を醸し出している。

しばしの沈黙ののち、ふいに社長の細い肩が小刻みに震える様子が見えた。小さな振動はやがて大きな揺れとなり、にわかに爆発したように、社長は声をあげて笑いだした。

あははははと乾いた高笑いが部屋中に響き渡る。

呆気にとられる林太郎と沙夜の前で、ひとしきり笑った社長は、なんとか笑いをこらえるように頭に左手を当て、右手で二、三度机を叩いてから、ようやくといった様子で口を開いた。

「バカですねえ、君は」

笑いに紛れていながら、ざっくりと切り捨てるような冷たさがそこにはあった。

「いや、君だけをバカだと言ってはよくないか。君の言ったような誤解は、ごくごく世間一般に流布しているんですからね」

「誤解……?」

「誤解ですよ。何が誤解かって? 本が売れないって誤解ですよ」

あははともう一度声高に笑ってから社長は続けた。

「今の時代、本が売れないなんてただの妄言です。本はとても売れています。現に『世界一番堂書店』は今日も大繁盛です」

「なにかの皮肉ですか?」

「皮肉ではありません。事実です。本を売るのはとても簡単なことなんです。ただひとつの単純な原則さえ外さなければね」

気圧されたまま沈黙している林太郎を、社長は楽しそうに眺めながら、とっておきの手品のタネを明かすような小声で、そっと告げた。

「〝売れる本を売る〟という原則ですよ」

奇妙な言葉であった。

奇妙な言葉であったが、そこには異様な響きが込められていた。

「そうです」と社長が微笑する。

「ここでは何かを伝えるために本を出すのではありません。〝社会が求める本〟を出すんです。発信すべきメッセージや後世に伝えるべき哲学、残酷な真実や難解な真理なんて、どうでもいいんです。そういうものを社会は求めていないんです。出版社に必要なのは、〝世界に何を伝えるべきか〟ではない。〝世界が何を伝えてほしいと思っているか〟を知ること」

「たぶん……、危険なことを言っていますよ」

「危険だと気づけるだけ、君は優秀なのかもしれません」

社長は笑いながら、机の上の煙草《タバコ》を取り上げ、悠々と火をつけた。

「しかし真理です。実際そうやって当社は順当な利益を上げ続けている」

立ち上る紫煙の向こうを、音もなく無数の本が舞い落ちていく。

「君も夏木書店で育ってきたのなら知っているはずです。今の世の中の人たちは忙しすぎて、分厚い傑作文学などに費やしている時間もお金もないんです。でも社会的ステータスとしての読書はまだまだ魅力的ですから、誰もが小難しい本で貧相な履歴書を少しでも派手に飾ろうと躍起になっています。そういう人たちが何を求めているかを考えて、私たちは本をつくる」

要するに、とにゅっと首を突き出して、

「安っぽい要約やあらすじがバカみたいに売れる」

あははと楽しげに肩を揺らして笑う。

「ただただ刺激を欲しているだけの読者には、暴力か性行為の露骨な描写が一番。想像力のない人向けには〝本当にあった話〟なんて一言添えれば、それだけで発行部数は数割アップ、売り上げは順調に伸びて万々歳」

林太郎はだんだん胸が悪くなってきた。

「どうしても本に手が伸びない人のためには、もう単純な情報を箇条書きにすればいいだけ。成功するための五つの条件とか、出世するための八か条なんてね。そんな本を読んでるから出世できないなんてことには、最後まで気づかない。でも本を売るという最大の目的は無事達成というわけです」

「やめてください」

「やめませんよ」

社長が応じた声に感情はなく、急に室温が二度ほど下がったように思われた。

ぞっとするような寒気を覚えたのに、林太郎の額にはうっすらと汗が浮かんでいた。

社長は少し椅子を回転させて、斜めから林太郎を見返した。

「君が価値を見出《みいだ》している本と、世の中が求めている本とはずいぶんな違いがあるんです」

　その目には憐れむような光がある。

「思い出してみてください。夏木書店にお客さんは来ましたか？　今時プルーストやロマン・ロランを読む人がいますか？　大金をはたいて誰がそんな本を買いますか。多くの読み手たちが何を本に求めているか、君ならわかるでしょう。手軽なもの、安価なもの、刺激的なもの、そういう読み手たちの求めるものに、本は姿を変えていくしかないんですよ」

「それでは本当に……」

　林太郎は必死に言葉を探す。

「本は痩せていくばかりです」

「本が痩せる？　面白い言い方をしますね。でも詩的な言い方をしたところで、本が売れるわけではありません」

「売れることが全部じゃないはずです。少なくともじいちゃんは自分の信じたやり方を最後まで曲げませんでした」

「では売れない本を並べて、世界の名作たちと心中しますか？　夏木書店のように」

林太郎は眉を寄せて睨《にら》み返した。

しかし睨み返すことしかできなかった。

「真理も倫理も哲理も、誰も興味がないんです。みんな生きることにくたびれていて、ただただ刺激と癒しだけを求めているんです。そんな社会で本が生き残るためには、本そのものが姿を変えていくしかない。敢《あ》えて言いましょう。売れることがすべてなのだと。どんな傑作でも、売れなければ消えるんですよ」

林太郎は軽いめまいを覚えて、額に手を当てた。その手でそっと眼鏡の縁に触れてみたが、いつものようにまとまりのある思考は生まれてこなかった。相手の言葉は、あまりに林太郎の想定の外にあったからだ。

本の魅力や価値について語るのであれば、林太郎はいくらでも話せるつもりでいた。しかし目の前の男が提示した本の価値は、林太郎の考えたこともないものであった。最初から見つめている世界がまったく違うのだ。

「大丈夫よ、夏木」

ふいに聞こえた声は沙夜のものであった。

林太郎は左腕に力強い気配を感じてそばを顧みた。いつのまにか傍らに歩み寄った沙夜が、林太郎の腕をしっかりとつかんでいる。

「大丈夫よ」

「あんまり大丈夫な感じはしないんだけれど」

「それでも大丈夫」

沙夜は、じっと机の向こうの男を睨んだまま動じない。

「あの人の言っていることはおかしい。それは間違いない」

「おかしいとは僕も思う。けれども理屈は通っている」

「理屈の問題じゃないわ」

沙夜はなおはっきりと告げる。

「理屈とか論理とかはよくわからない。けれどもあの人の言葉は不自然」

はっとして林太郎は沙夜の横顔を見た。

と同時に、いつかのトラネコの言葉が脳裏に響いた。

〝この迷宮では、真実の力がもっとも強い。だがすべてが真実ではない。必ずどこかに嘘がある〟

その通りだと林太郎はうなずいた。

男の言葉のあまりの過激さに、林太郎は呑まれていた。確かに衝撃的であったが、しかしそこにはなにか奇妙な違和感が漂っている。

林太郎は眼鏡の縁にもう一度手を当てた。

「考えても無駄ですよ、夏木林太郎君」

社長の悠々たる声が響く。

声とともに、濃厚な煙草の煙が舞い上がる。

「君はまだ若い。受け入れたくない現実というものもあるでしょう。でも私は、世の中の仕組みというものをよく知っている。本の価値を決めるのは君の感動の深さではない。発行部数なのです。つまり現代においては、コインがすべての価値の裁定者だ。このルールを忘れて理想に走る者は、社会から脱落していくしかない。哀《かな》しいことですけどね」

諄々《じゅんじゅん》と説くような、独特の厚みを持った声。

それはあからさまに林太郎の思考を遮ろうとする。けれども覚束《おぼつか》ないその思考を支えるかのごとく、沙夜の手がしっかりと林太郎の腕を握っている。

社長が静かに笑う。

林太郎は懸命に考える。

考えに考えて、ようやく一歩進んだかと思えば、たちまち社長の笑い声と不快な煙草の臭いが、深い靄《もや》のように立ち込める。それでも林太郎は靄をかき分けるようにして歩き続ける。立ち止まることだけはしない。

「たしかに夏木書店は、ちょっと変わった古書店です」

林太郎は大きな机の向こうに座る、圧倒的な対話相手を見返した。

「お客さんも少ないし、本だってあんまり売れません。でもとても特別な場所です」

「失望、という言葉があります」

社長がこれ見よがしに首を左右に振った。

「今の私の心境にぴったりの言葉です。君の個人的な感傷など、どうでもよい」

「個人的なんかじゃありません。あそこに来る人たちはみんな僕と同じものを感じていました。あの小さな古書店には、じいちゃんの特別な思いがあふれていて、敷居を跨《また》げば誰もがそれを感じとることができました。だからこそ特別な場所だったんです」

「まことに漠然として観念的だ。それでは誰も納得させることはできません。もしよければ、おじいさんの特別な思いとやらについて、もう少し具体的に教えていただけませんか？」

「教える必要なんてありません。あなたと同じなんですから」

林太郎がごく静かに投げ出した言葉に、社長は動きを止めた。止めたまま、容易に動き出さなかった。

社長の指先から立ち上る煙がゆっくりと細くなり、やがて途絶えた。

社長はわずかに目を細め、唇を動かした。

「私には君の言っている言葉の意味が、よくわかりませんね」

「それも嘘ですよ」

男の白い眉がぴくりと動く。

「あなたは先ほど、本は消耗品だと言いました。本が好きなどと言っていては、できない仕事だと言いました」

「その通り」

「嘘ですよ」

林太郎の強い声が響いた。

煙草の灰がぽとりと灰皿に落ちた。

「あなたはさっき言ったじゃないですか。生き残るために本は姿を変えていくしかないんだと。それはつまり、本が生き残ってほしいという思いがあるからではないんですか？　本をただの消耗品だと思っているなら、そういう言葉は出てこないはずです」

「微妙な理屈を言いますね」

「微妙なところが大事だからです。本をただの紙屑だと思っているなら、こんな仕事やめてしまえばいい。けれども、あなたは本を生き残れる形に変えていくことに全力を尽くしている。あなたは本が好きなんです。だから必死になってそこに座っているんです。僕のじいちゃんと同じように」

林太郎の声が途切れると同時に、重い沈黙が舞い降りた。

室内は静まりかえり、ただときおり窓の外を思い出したように音もなく本が落ちていく。明らかに散っていく本の数が減っている。

社長はしばし林太郎を見つめ返していたが、やがてゆっくりと椅子をめぐらして荒涼たる窓外の景色へ目を向けた。

「どうでも良いことです」

ようやく漏れた言葉はそれであった。

「論点を変えてはいけません。私の思いがどこにあろうと、現実を直視しなければいけません。本は痩せ細っていく。痩せ細った本に人々は群がる。群がる人々に、本もまた応えようとする。そのサイクルはもはや誰にも止められない。どれほど特別な思いがあっても、夏木書店に来る客が、減っていく一方であったことが何よりの証拠ではありませんか」

「勝手なこと言わないでよ」

風を切るような爽やかな声が部屋に響いた。

社長も林太郎も同時に声の主を顧みた。

林太郎の傍らに立つ沙夜が、いつもの活力に溢れた張りのある声を響かせた。

「夏木書店の客が減っていくばかりだなんて、勝手に決めつけないでほしいわ。お店にはね、秋葉先輩っていう性格はいまいちだけど頭のいい常連客がいるし、今じゃ私だってお客さんのひとりよ」

胸を張って言うほどのことではない。ないにもかかわらず、その声はどこまでも涼しく、そして迷いがない。

「しかし」と社長は動じない。

「その程度の客商売では儲《もう》けにはなりません。売れなければ意味がない。本屋は慈善事業じゃないんです」

「では、いくら儲かれば、あなたは満足するんですか？」

「いくら？」

林太郎の思わぬ問いに、社長は軽く目を見開いた。

「じいちゃんがよく言っていました。お金の話を始めると際限がなくなってしまうと。百万あれば二百万がほしくなる。一億あれば二億がほしくなる。だからお金の話はやめて、今日読んだ本の話をしようって。僕だって、本屋が儲からなくてもいいだなんて思っていません。でも、儲かることと同じくらい大事なことがあることは知っているつもりです」

心に浮かぶ言葉を、ひとつずつ掬《すく》い上げるようにして口に出していく。説き伏せる態度でもなく、言い聞かせる語調でもない。ただ思いを伝えるための対話である。

「あなたが本をつくる人なら、たとえどんなに思い通りにいかないことがあっても、本を消耗品だなんて言っちゃだめなんです。ちゃんと大きな声で言うべきですよ。自分は本が好きなんです、と」

違いますか、と問う林太郎を、社長は身じろぎもせず見返していた。

机の上に手を組んだまま、何かまぶしいものでも見つめるように目を細めた。

「私が仮にそう言ったとして、何か変わりますか？」

「変わります」

林太郎の返答は早かった。

「本が好きだと言った以上は、好きじゃない本はつくれなくなります」

社長は軽く目を見開いてから、わずかに唇の端を動かした。

それが苦笑なのだと気がつくのに、少しの時間が必要であった。

いつのまにか窓外を舞い落ちる本が見えなくなっていた。まるで時間が止まったように、すべてが静寂の中にあった。

「とても苦労しますよ。その生き方は」

ようやく答えた社長の目が正面から林太郎を見つめていた。

林太郎も目をそらさなかった。

「本を消耗品だなんて言いながらそこに座っているのも苦労だと思います」

「なるほど……」

社長が小さくつぶやいたとき、唐突に部屋の扉が開いて受付の女性が顔を出した。

そろそろお時間です、と告げる女性を、社長は軽く片手を上げただけで下がらせた。

なお沈黙のまま微動だにしなかった社長は、やがてゆっくりと右手を伸ばして扉を示した。女性が出て行ったばかりの重厚な扉が、今度は音もなく大きく左右に開き、エレベーターへ続く赤い絨毯が目に入った。

あくまでも言葉はない。

林太郎は沙夜と顔を見合わせ、それからそっと机に背を向けて歩き出したところで、背後から声が追い付いてきた。

「君の健闘を祈っています」

林太郎は振り返り、机の向こうに座る男に目を向けた。

白い眉の下に光る二つの瞳は、相変わらず感情の読み取りにくい静かな光をたたえて林太郎を見返していた。

一拍を置いて、林太郎は答えた。

「あなたも」

そんな返答を、おそらく社長は予期していなかったのであろう。軽く目を見開いてから、今度ははっきりと口元を緩めた。

思いの外に優しげな苦笑が垣間《かいまみ》見えた。


「ご苦労であった」

青白い光に包まれた書棚の廊下に、聞き慣れた低い声が響いていた。

先を歩くトラネコが、肩越しに林太郎たちを顧みた。

「うまくやってくれたようだな」

「よくわからないんだけど、とりあえず社長さんは笑って送り出してくれたよ」

「十分だ」

うなずいたトラネコは、音もなく足を進めていく。

青白い光、両側の壁を埋める無数の書籍と、点々と灯るランプ。不思議なその光景が、今ではもう見慣れた景色だ。その見慣れた通路を、トラネコに導かれるまま林太郎たちは帰途についている。

手短なねぎらいの言葉をかけたあと、トラネコはふっつりと口を閉ざし、沈黙のまま歩み続けている。沈黙のままであることが、より多くの事柄を語っている。

「これで終わりだって言っていたね」

林太郎が遠慮がちに口を開いた。

「そうだ」と応じたトラネコが立ち止まったとき、そこはいつのまにか夏木書店の中であった。長い往路が嘘のように、あっけない帰宅であった。

二人を店の中ほどまで案内したトラネコは、そのままひらりと身をひるがえし、林太郎と沙夜の足元を通り抜け、通路へと戻っていく。

格別の挨拶もない。思わず知らず林太郎は口を開いた。

「行くのかい？」

「行かねばならぬ」

トラネコは振り返り、深々と頭をさげた。

「お前のおかげで多くの本が解放された。感謝する」

青白い光を背にしたまま、頭を垂れて動かぬ一匹の猫。

その有様は、すべてが現実離れしているにもかかわらず、どこまでも真摯な情感を伝えていて、林太郎は返す言葉を持たなかった。

「お前は三つの迷宮をすべて自力で乗り越えた。わしの役目はこれで終わりだ」

「終わりって……、もう会えないの？」

慌てて口を挟んだのは沙夜である。

「会えない。会う必要もない」

でも、と言いかけた沙夜は、困惑ぎみに林太郎に目を向けた。黙って立ち尽くしていた林太郎は、やがて大きなため息とともに口を開いた。

「もしこれで本当にお別れなら、一言だけ言っておきたい」

「何でも言うが良い。恨み言でも、捨て台詞でも、遠慮は無用だ」

「たいしたことじゃない。ただ、〝ありがとう〟。それだけだよ」

言って林太郎は頭をさげた。

思わぬ言葉に、沙夜はもちろん、トラネコも大いに驚いたようであった。

「手の込んだ皮肉のつもりかね?」

「まさか」と林太郎は苦笑とともに顔をあげた。

「僕にだって、少しくらいはわかっていることもあるんだ」

「わかっていること?」

怪訝《けげん》な顔をする猫に、林太郎はゆっくりとうなずいた。

「君は本を解放することが目的だと言って僕の前に現れた。そのために僕の力を貸してほしいと言っていた。けれど、本当は少し違うんだと思う」

林太郎の言葉に、猫は動かない。

ただじっと翡翠の目を向けている。

「僕はじいちゃんを亡くした日、もうどうにでもなれって思ったんだ。父さんも母さんもいないのに、じいちゃんまでいなくなって、あんまり理不尽だから、何もかも嫌気がさして、投げやりになっていた。そんな僕のもとに君は突然現れた」

林太郎は少しばかり照れ隠しに頭をかきながら、

「君が来てくれなければ、僕はきっと、こうして笑顔で立っていることもなかったんだと思う。君は力を貸してほしいと言ったけれど、本当に力をもらったのは僕の方だ」

林太郎は猫を見返し、一呼吸置いてから語を継いだ。

「店に閉じこもっていた僕を、君は強引に連れ出してくれた。礼を言うよ」

「書店に閉じこもることはいい」

猫の低い声が応じた。

「わしらが案じていたことは、お前が〝自分の殻〟に閉じこもっていたことだ」

「自分の殻……」

「殻を破りたまえ」

低い声が、しかし腹の底まで届くような深い響きをもって答えた。

「孤独に屈するなかれ。お前はひとりではない。たくさんの友がお前を見守っているのだ」

不思議な言葉であった。

決然たる響きをもっていながら、温かい別れの言葉でもあった。

林太郎は、多くの問いを飲み込んで、ただ静かに見返すのみだ。

祖父が逝ってから、わずかな日時しか過ぎてはいない。けれどもその憂鬱な時間は、奇妙な猫と過ごしたことによって、ほのかな明るさに充《み》ちている。それこそが、この不思議な猫がもたらしてくれた最大の贈り物ではなかったか。

理屈ではない。疑問もなにひとつ解決していない。何より疑問と言っても、何から問うて良いかすらわからない。

「ありがとう、と言っておくよ」

「良い心がけだ」

にやりと猫が笑った。

笑った猫は、そのまま優雅に一礼してから、ひらりと身をひるがえした。淡い光に包まれた書架の通路に飛び込み、そのまま風を切るように駆けていく。

林太郎と沙夜は、ただ黙ってその背を見送るだけだ。

猫は一度も振り返らなかった。

青く柔らかな光のかなたに猫が溶けていったとき、ふと気がつけば、二人の眼前には当たり前のように、古びた書店の板壁が立ちふさがっていた。

客もないのにドアベルが、一度だけ澄んだ音を響かせた。

第四章　最後の迷宮

使い込まれたウェッジウッドのティーカップに丸みを帯びた白いティーポットを傾けると、アッサムティーの柔らかな香りが立ち上がる。

そこに一個の角砂糖とたっぷりのミルク。

銀のスプーンでそっとかき回すと、ゆるやかな弧を描いて広がった白い輪がまたたくまに溶けていく。カップを手に取って傾けるときが、至福のひとときだ。

林太郎は満足げにうなずいた。

「だいぶうまくなった」

紅茶を淹《い》れることが、である。

朝の書店の掃除を終えたあとに、一杯の紅茶を淹れるのが祖父の日課であった。その日課をなぞって十日あまり、なんとなく自分でも様になってきたような気が、林太郎はしている。

「林ちゃん!」

と、ふいに甲高い声が聞こえて、林太郎は戸口を振り返った。

明るい戸外の光を背に、人の好《よ》さそうな丸顔の婦人が顔をのぞかせている。

「今日が引っ越しの日よ。準備は大丈夫なの」

あいかわらず林ちゃんか、と林太郎は苦笑しながら、ティーカップを置いて戸口に向かう。

白いエプロン姿のこの叔母は、すでに五十を越えているはずだが、肉付きのいい愛《あい》嬌《きょう》のある風貌の上に、雰囲気も言動もずいぶん若い。

今日はどことなく曇り空ではあるが、外が不思議と明るく感じるのは、店の中が薄暗いからばかりではないだろう。叔母のまとった晴れやかな雰囲気が、底冷えのする冷気さえ陽気に変えてしまうようである。

「引っ越しのトラックは午後でしたか、叔母さん」

「いやね、林ちゃん」と叔母は呆《あき》れ顔で、

「叔母さんにむかって丁寧語はやめなさい。肩が凝るだけよ」

さらりと告げるその声音は明朗で、嫌味がない。

外をのぞくと、叔母の愛車のフィアット500が店先に止まっている。この小粋な外車に、窮屈そうに乗り込む叔母の姿はなにやら腹の底が温かくなるようなおかしみがある。

「叔母さんはちょっと買い物に行ってくるけど、なにか欲しいものはある？」

恰幅《かっぷく》のいい身体《からだ》を小さな車に押し込みながら、

「昼前には戻ってくるけどお昼ご飯は買ってきてあげるから心配ないわ。林ちゃんはちゃんと準備をしていてね」

ぽんぽんと景気よく言葉を放り出していく叔母に対して、林太郎は苦笑とともにうなずくだけである。叔母の方はしかし、ハンドルを握ったところでふいに動きを止めて、甥《おい》の顔を見上げた。

なんですか、と問えば、

「いえね、林ちゃん、なんだか少し雰囲気が変わったように見えてね」

そんなことを言う。

「お葬式のときなんて、ひどい顔で、そのままどっかに消えてしまいそうだったから、とっても心配だったけど、思ったより弱虫じゃなかったみたい。あ、一応これって、私なりに褒めてるのよ」

「大丈夫です」

林太郎はできるだけ明るい表情をつくって答えた。

「全部が大丈夫ってわけじゃないけど、それなりに大丈夫です」

そんな頼りない言葉に対しても、にっこり笑った叔母は、ふいに「あら」と声をあげて空を見上げた。

つられて振り仰いだ林太郎も、軽く目を開く。

「雪ね」

叔母の感慨深げな声が聞こえた。

灰色の雲に覆われた空から、はらはらと音もなく白い綿毛のような雪が舞い降りてくる。日差しはなくとも、空全体が雪のきらめきに包まれて、なんとなく辺りが明るい。通行人の幾人かも、物珍しげに足を止めて空を見上げている。

「いいわね、こういう雪って。なんだか心がわくわくするわ」

少女のようなそんな言葉を違和感なく口にできる叔母は、やはり特別であろう。

「今夜はケーキ買ってきておくからね、楽しみにしていて、林ちゃん」

「ケーキ？」

「いやね、今日はクリスマス・イブでしょ」

叔母の弾んだ声に、林太郎は率直に驚いた。

祖父が逝って以来、暦を意識することなどまったく忘れていたのである。

ふと町の通りに目を向ければ、街路樹や家の軒先にも、常ならぬ華やかな電飾がきらめいている。家も人もすっかり身支度を調《ととの》えたようで、林太郎と夏木書店だけが空気も読まず無愛想に居座っている按配《あんばい》だ。

「それとも、素敵な彼女と過ごす予定でもあるの？」

「あるわけありません」

「冗談よ」

朗らかな笑い声をあげた叔母は、勢いよくエンジンをかけ、「じゃまたあとでね」と軽快に告げてからフィアットを走らせていった。

通りには、いつもの宅配便のバイクが走り始め、ちらほらと部活の朝練に行くらしき高校生の姿も見える。クリスマス・イブだからと言って、格別感傷的になるほどの思い出も思い入れも林太郎にはないのだが、見慣れた景色も、今日で最後ということになれば無関心ではいられない。舞い落ちる雪さえどこか意味ありげで、林太郎はしばし立ち尽くしたままであった。

祖父が亡くなってからまだ二週間ほどしか過ぎていない。わずかな期間であるはずだが、ずいぶんな時が流れたように感じるのは、たくさんの不思議な出来事に遭遇したからだ。その多くの記憶の中でも、しかし林太郎の脳裏に残っているのは、最後ににやりと笑ったトラネコの笑みばかりである。

猫のふっさりとした毛並みを見送ったのは五日前。それからは引っ越しの準備もあって、文字通りあっというまに過ぎていった。

その間、トラネコが再び姿を見せることはなく、夏木書店の奥の板壁も、いつ眺めても見慣れた板壁のままであった。

沙夜はよほど気になるのか、学校や部活の行き帰りに書店に立ち寄っては紅茶を飲んでいく。今読んでいるスタンダールの話などをしていたが、本当はあの奇妙なトラネコのことが気になって仕方がないのだろう。

林太郎自身とて気にならないといえばもちろん嘘《うそ》になる。

ただ時間は容赦なく過ぎていく。

そういうものだということを林太郎は肌で感じて知っている。どんな悲しいことや苦しいことや、理不尽なことが起こっても、時間が立ち止まって林太郎を待っていてくれるわけではない。流されるまま流されて、それでもなんとか今日までやってきたのである。

しばし雪の空を見上げていた林太郎は、やがて気を取り直して店内へと戻った。戻ってティーセットを片付けようとしたところで、にわかに動きを止めた。

つい先刻まで板壁で塞がっていた書店の奥が、青白い光に包まれていた。あ、と思うまでもなく、その光を背に静かに座っているのは、一匹のトラネコだ。

息を呑む林太郎の視線の先で、ぴんと伸びた白い髭《ひげ》が小さく揺れた。

「久しいな、二代目」

聞き慣れた低い声に、林太郎は苦笑する。

「まだ五日ぶりだよ」

「そうだったか」

「おかえり、と言えばいいのかな？」

「社交辞令は不要だ」

青白い光を背に、猫は翡翠《ひすい》の目を向けた。

「力を貸してもらいたい」

猫の背後で書架の通路が、ふわりと光を強めたように見えた。

「もう一度お前の力が必要になった」

猫の言動はいつでも唐突で、挨拶もなければ説明もない。もちろん、思わぬ再会を祝する空気は微塵《みじん》もない。

「お別れだと思っていたんだけど……」

「事情が変わった。もう一度迷宮に行かねばならない」

淡々とした口調はあいかわらずだが、その声の裏側に、常にない緊張感が漂っている。

「何かあった？」

「第四の迷宮が現れた」

「第四？」

「まったく想定外の事態だ。もう一度お前の力が必要になった」

そこまで言ってから、「しかし」と声音をさらに低めて付け加えた。

「今度の相手は手ごわい。これまでとはまったく別物だ」

いつもながらの無遠慮かつ高圧的な態度でありながら、しかし語調に猫らしい切れ味が欠けている。それがすなわち尋常でない事態の証左である。

「それだけの手ごわい相手だというのに、また僕に頼んで大丈夫なのかい？」

「お前でなければならぬ。相手がそれを求めている」

「相手が？」

「実に厄介な相手だ。今度ばかりは、本当に帰って来られない可能性がある。だがお前なら何とかできるはずだ」

猫の声にはほとんど祈るような切実な調子がある。

林太郎は意外の感を覚えつつ答えた。

「わかったよ、行こう」

さらりとした応答であった。

あまりにさらりとしていたために、トラネコの方は返答が遅れたくらいだ。翡翠の目を光らせて、まじまじと林太郎を見返した。

「危険があるという話は聞こえているだろうな」

「これまでとは違うという話も聞こえたよ。帰って来られないかもしれないということも」

「それでもついてくるか？」

「君が困っているんだろう。僕が出かける理由はそれで十分なのだと思う」

肩の凝らないそんな返答に、トラネコは白昼に幽霊でも見たような顔をした。

「具合でも悪いのか、二代目」

「怒るよ。そういう言い方は」

「しかし……」

「何かお礼をしたかったんだ。ありがとう、とは言ったけど、結局僕は君に何も恩返しをしていない。ちょうどいい機会だと思うよ」

束《つか》の間《ま》じっと林太郎を見つめていたトラネコは、やがていつになく感慨深げにうなずいた。

「感謝する」

ただし、と林太郎は付け加えた。

「すぐに出発することが条件だ」

そう告げて、足早に戸口に歩み寄ると、扉を閉めて手早く鍵をかけた。

「そろそろ柚木が通りかかる時間なんだ。きっと話を聞けば、ついてくると言い出すに決まってる。ここまではっきり危険だと言われた以上、柚木を巻き込みたくはない」

苦笑まじりにそう告げた林太郎に対して、トラネコは無言でこれを受け止めた。

おや、と顧みた林太郎に、トラネコはいつになく厳しい目を向けている。

「残念ながら、その点なら選択の余地はない」

感情の読めない声で、わかりにくい返答が戻ってきた。

奇妙に張り詰めた沈黙の中、林太郎は手を止めて眉を寄せた。

戸外で自転車のベルが鳴り、すぐに遠ざかっていく。室内が完全に静寂に戻ってから、トラネコが口を開いた。

「柚木沙夜が連れていかれた。迷宮の一番奥に閉じ込められて、お前が来るのを待っている」

面食らった林太郎はすぐには声が出なかった。

「聞こえたか、二代目」

「意味がわからないんだけど……」

「簡単な話だ。柚木沙夜が連れ去られた。最後の旅は、本を助けに行くことが目的ではない」

猫が鋭い目を林太郎に投げかけた。

「お前の友を助けに行く旅だ」

林太郎は視線を巡らせて、書店の奥から連なる書棚の廊下に目を向けた。

まっすぐに続く通路。延々と壁を埋める書籍。そして全体を照らす淡く青白い光。なぜであろうか。

林太郎はふいにぞっとするような寒気を覚えた。


〝結局、学校には来ないつもりでしょ〟

沙夜がそんな言葉を口にしたのは、ほんの二日前の早朝のことだ。

いつものごとく吹奏楽部の朝練に向かいがてら店に顔を出した沙夜は、会計机の上で紅茶を淹れている林太郎を、呆れ顔で眺めていた。

何事か会話を交わしたはずだが、あまり内容は覚えていない。格別の意味もない、気楽な雑談であったのだろう。

本の話、紅茶の話、そして少しだけ猫の話。

それらが一段落して朝練に出かけようとした沙夜は、立ち去り際に振り返って告げた。

〝いつまでも下向いて引きこもってばかりいたらダメよ。割に合わないことなんていっぱいあるだろうけど、自分の人生なんだから……〟

そこまで言って、沙夜は一度言葉を区切り、すぐに涼しげな声を響かせた。

〝ちゃんと前を向いて歩きなさいよ〟

いかにも聡明な学級委員長らしい鋭い忠告であった。

と同時にそれは引っ越しを控えた友人への、沙夜なりの励ましの言葉であった。

こんな風に心配してくれる言葉を、林太郎は新鮮な感覚で受け止めていた。

返事も聞かずに軽々と身をひるがえし、明るい軒先へ出ていく背中を、林太郎はただ目を細めて見送ったのである。

朝日の中で振られた沙夜の白い手が、ひどくまぶしく瞼《まぶた》の裏に焼き付いている。

「不思議なこともあるもんだね」

長大な書架の並ぶ廊下を歩みながら、林太郎は口を開いた。

「こんなに誰かのことを本気で心配したのは初めてだよ」

先を行く猫は、軽く一瞥《いちべつ》を返しただけで何も答えない。

歩き慣れたはずの書の廊下は、いつになく長い。長く感じるだけであるのか、実際に長いのか、そのことも判然としないが、どこまでもはるか向こうまで、書棚とランプが連なっている。

「なぜ、柚木が連れていかれたんだい？　僕に用事があるのなら、最初から僕を連れていけばいい」

「理由はわからぬ。じかに問うしかあるまい」

返答は苦渋に満ちていた。

「しかしお前を動かすのに、あの少女がキーになると奴は判断をしたのだろう」

「……難しいことを言うんだね」

「難しくなどない。あの少女はいつもお前のことを心配していたのだ」

先を行く猫は、振り向きもせずにそんなことを言う。

「祖父を亡くして家に引きこもっている根暗なクラスメートを、あの少女はいつも本気で心配していた」

「柚木は責任感の強い学級委員長だからね、おまけに近所という縁もあるから……」

「参考になるかどうかはわからんが、ひとつだけ教えておこう」

トラネコの低い声が無遠慮に林太郎の言葉を遮った。

「最初にあの少女が夏木書店に来たとき、わしは言ったはずだ。特殊な条件に該当した人間でなければわしらの姿が見えることはないとな。その条件というのは、別に超能力でもなんでもない」

猫が足を止めて林太郎を振り返った。

「〝人を思いやる心を持っている者〟という条件だ」

不思議な言葉が響いた。

「思いやる心というのは、甘ったるい声で薄っぺらい同情の言葉を並べ立てる態度を言うのではない。悩む者とともに悩み、苦しむ者とともに苦しみ、ときにはともに歩む態度を言うのだ」

再び歩き出したトラネコに、慌てて林太郎もついていく。

「それは特別な能力というわけではない。もともとは誰もがごく自然に持っている大切な心根だ。しかし慌ただしく窮屈な日々を重ねていくうちに多くの人々が失ってしまっている。お前のようにな」

トラネコの静かな一言に、林太郎はどきりとする。

「息苦しい日常の中で、誰もが自分のことで手一杯になり、人を思いやる心を失っている。心を失った人間は、他者の痛みを感じなくなる。そうすると、嘘をつき、人を傷つけ、弱い者を踏み台にしても、なにも感じなくなる。世界には、そういう者たちがずいぶんと多くなってしまった」

重苦しい言葉が響き渡る廊下は、少しずつその様相を変えつつある。

両壁を埋めていた木製の飾り気のない書棚は、いつのまにか年季の入ったオーク材に象嵌《ぞうがん》が施された豪壮な作りに代わり、通路そのものも徐々に幅が広がって、今は五、六人が並んで歩けるほどの大回廊になっている。

頭上に灯《とも》っていたランプは姿を消して天井も高くなり、点々と書棚の前に並ぶ燭台《しょくだい》の火が、空間全体を明るく照らしている。

そんな巨大な廊下の中央を、一匹とひとりは静かに歩いていく。

「しかし、そんな救いがたい世界においても、ときどきはあの少女のように貴重な心根の持ち主に出会うことがある。そういう心根を持っている者の目を、わしらはごまかすことができない」

つまり、とトラネコは肩越しに林太郎を顧みた。

「あの少女は、責任感や義務感からではなく、本当にお前の身を案じていたということなのだ」

猫の言葉とともに、風もないのに燭台の火がゆったりと揺れた。

言われて改めて気がつくことがある。

幾度となく夏木書店を訪ねてきた沙夜の姿が、にわかに鮮明に心の内によみがえる。その情景のひとつひとつが、急に大きな意味を持って林太郎の胸に迫ってきた。

「お前が今、あの娘を本気で心配しているのだとすれば、お前も失っていた心を取り戻しつつあるということだ。自分のことばかりを考えるのではなく、〝誰かを思いやる心〟をな」

「誰かを思いやる心……」

「お前のような軟弱者にとっては、ちと出来すぎた友人だな」

猫の声音は相変わらず淡々としていたが、その片隅にほのかな笑みがにじんでいるようであった。

林太郎は高い天井を見上げた。

はるか頭上にはゆったりとしたカーブを描いたアーチ状の天井がかかり、長い年月を積み重ねてきた古い教会堂のような美と静寂とが満ちている。

「わかっているつもりでも見えていないことって、結構たくさんあるものだね」

「そこに気づいただけでも成長だ」

「少し、勇気が出たよ」

「少しでは困るな」

猫が低く告げる。

「最後の敵は本当に手ごわいのだ」

猫の言葉が終わらぬうちに、前方に巨大な木製の扉が見えてきた。

巨大な扉は、林太郎のひ弱な腕力ではどうにもならぬほどの威容で立ちふさがっていたが、しかしそばに近づくとかすかなきしみ音とともに自然に開き始めた。

ゆっくりと両側に開いていったその先に見えてきたのは、広大な緑の庭園だ。

降り注ぐ鮮やかな日差しの下に、豊かな樹木が生い茂り、ところどころからさらさらと白い噴水が空に伸び上がっている。噴水の脇には天使の彫像が並び、丁寧に刈り込まれた生け垣と幾何学的に配された敷石のコントラストが美しい。

それらを見下ろす高台にある、大きな車寄せのような場所に、林太郎たちは立っていた。頭上には白い屋根が張りだし、左右にゆるやかなスロープを描いて石畳の車路《しゃろ》が連なっている。なにか巨大な中世の洋館から出てきたところ、といった風情だ。

「手が込んでいる」

トラネコがつぶやいたところで、カタコトと軽快な音が聞こえてきた。右手に目を向けると石畳の車路を二頭立ての馬車が近づいてくる。

馬車は二人の前までやってくると足を止め、御者台《ぎょしゃだい》から降りてきた初老の紳士が、無言で深々と頭をさげてから扉を開けた。

「乗れということだな」

言うなり猫は、無遠慮に馬車に近づき車内に飛び乗った。紳士は頭をさげたまま動かない。林太郎も恐る恐る歩み寄って馬車に乗り込んだ。

馬車の中は深紅のビロードを敷き詰めた存外に広々とした空間で、猫と林太郎は向き合うように席に座る。

カタンと扉が閉じられ、わずかの間を置いてから馬車は動き出した。

「どういう演出だい？」

「歓迎しているのだ、お前を」

「あいにく、そんな物好きな友だちに心当たりはないんだけれど」

「お前が知らなくても、先方はそうではない。お前はこの世界では存外な有名人だ」

「この世界？」

「しかもこの迷宮の主人は、特別な存在だ。現にこれほどの大きな力を持っている」

「じゃあとりあえず、涙を流して感激すればいいのかな。大事な友だちをさらってまで招待していただいて、ありがとうと」

かすかに猫が笑う。

「良い心がけだ。理不尽に満ちた世界を生きていく上での最良の武器は、理屈でも腕力でもない」

「ユーモアだね」

林太郎が答えたところで、馬車が一度軽く揺れて速度を上げ始めた。大きな道に出たのだ。

窓外に目を向ければ、広大な庭園が背後へ流れていく。

日差し、風、噴水のしぶきに、豊かな緑。すべてが心地よい景色でありながら、どこかに違和感がある。

生き物の気配がないのだと、林太郎は直感した。

人に限らない。小鳥も蝶《ちょう》もなにもかも、世界を支える命の存在が微塵も感じられないのだ。どれほど上辺を着飾っても、まともな世界ではない。

「これがお前と話す最後の機会になる」

ふいに低い声で猫が告げた。

林太郎が外から車内に目を戻す。

「前にも似たような言葉を聞いた気がするんだけど」

「心配はいらん」

クラシカルな作りの座席の上で、猫はまっすぐに翡翠の目を林太郎に向けていた。

「今度こそ、これが最後だ」

「だとしたら僕は君に、聞いておきたいことがたくさんあるんだ」

林太郎の言葉に、猫は何も答えない。身じろぎもせず見返している。

林太郎は一拍を置いて苦笑した。

「けれど、何から聞けばいいいかもよくわからないんだよ」

猫はなお微動だにしない。

明るい日差しを受けていたその横顔が、徐々に茜《あかね》色に染まり始めた。と思う間もなく、窓外は夕暮れから夕闇へと急激に移り変わり、小さな車内も薄暗がりの中へ沈んでいく。

見上げればいつのまにやら、空には次々と星の光が瞬き始めている。

「本には心がある」

ふいに猫が告げた。

星明かりを受けた猫の瞳が、美しく輝いた。

「本はそこにあるだけではただの紙の束に過ぎない。偉大な力を秘めた傑作も、壮大な物語を語る大作も、開かれなければ所詮はただの紙切れだ。けれども人の思いが込められ、大切にされ続けた本には心が宿るようになる」

「心？」

そうだ、と猫の力強い声が応じた。

「今では、人が本に触れる機会は減り、思いを込めることも稀《まれ》になり、その結果本の心も失われつつある。しかしお前や、お前の祖父のように心から本を愛し、その言葉に耳を傾けてくれる者も、まだ少なからずいる」

猫はゆっくりと首をめぐらして星空を見上げた。

「お前は、わしらにとってかけがえのない友人なのだ」

不思議な言葉の数々であった。にもかかわらず、言葉のひとつひとつはしっかりと林太郎の胸の内に沁《し》みわたっていった。

夜空を見上げるトラネコの、翡翠の瞳がきらきらと光る。

気高く自信に溢れ、少し傲慢で、けれども美しい。そういう一匹の猫だ。

「僕は君を、ずっと前から知っている気がするんだ」

唐突な林太郎の言葉に対して、猫は振り向きもしなかった。しかし形の整った三角《さんかく》錐《すい》の耳が、林太郎の次の言葉を待っていた。

「本当に古い昔のことだと思う。まだ子供の頃……」

林太郎は記憶をさぐるように天井を眺めやる。

「小さな物語の中で、僕は君に出会ったことがある。あれは、母が読んでくれた本だったかもしれない」

「本には心がある」

猫が静かに、先刻の言葉を繰り返した。

「大切にされた本には心が宿り、そして心を持った本は、その持ち主に危機が訪れたとき必ず駆け付けて力になる」

落ち着き払った低い声が、林太郎の胸の奥底を温かく包み込んでいった。ふと見返せば、星明かりの下に猫のほのかな微笑があった。

「言ったはずだ。お前はひとりではないと」

満天の星の下、林太郎たちを乗せた馬車は軽やかな振動とともに駆けていく。

馬車の進行に伴って、ビロードを敷き詰めた車内には、窓枠に切り取られた星の光が音もなく移動していく。その青白い光のスポットを受けたとき、トラネコはふいに笑みを消して、瞳を鋭く光らせた。

「だが、〝心を宿した本〟が、常に人の味方になるとは限らない」

林太郎は眉を寄せ、それからすぐに問うた。

「柚木のこと？」

「そうだ。この最後の迷宮だ」

猫が再び窓の外に目を向けた。

林太郎もその視線を追う。

天の星々は、あくまでも艶《あで》やかで美しい。けれどもその配列はでたらめで、星座のひとつも象《かたど》ってはいない。

「人の心が苦悩の果てに歪《ゆが》むことがあるように、本の心も歪むことがある。歪んだ心を持った人の手で扱われた本は、同じように歪んだ心を持つようになる。そして暴走する」

「本の心が歪む……」

トラネコが大きくうなずいた。

「特に長い歴史を刻んできた古い書物は、たくさんの人の心の影響を受けて、良かれ悪《あ》しかれ大きな力を持っている。そういう本の心が歪みを持ったとき……」

猫が深い吐息とともに語を継いだ。

「わしなどとは比較にならぬほど強大な力を振るうようになる」

「最後の相手が、これまでとは違うという意味が少しわかってきたよ」

答えた口調は思いの外に冷静で、穏やかであった。実際、林太郎自身、不思議に思うほど心静かであった。

　窓外はいつのまにか景色が変わっている。

広大な庭園の中を走っていたはずだが、今は夜の古い町並みが広がっているのだ。

二階建ての民家、塀にもたせかけられた自転車、無愛想にまたたく黄色い街灯に、白く浮かび上がる古びた自動販売機。

　どこかで見たことのある景色である。

「すまない、二代目」

　トラネコが、深く頭を垂れた。

「この先にいる相手は、わしらには御しえない」

「謝るなよ」

　林太郎は苦笑する。

「僕はいろいろなことを君に感謝しているんだ」

「わしらは結局何もしていない。お前はここまで自分の足で歩いてきた」

「それでも」と林太郎が告げたとき、ふいに馬車の振動がゆるやかになり、減速していく気配がした。

「それでも僕は、たくさんの大切なことに気づくことができたんだよ」

がたんと大きく揺れて、馬車が止まった。

わずかの間を置いて、扉が開く。

と同時に、背筋が寒くなるような冷ややかな風が流れ込んできた。

外に目を向けると、馬鹿丁寧に頭をさげた御者の向こうによく知っている景色が広がっていた。

林太郎は慌てず、ゆっくりと馬車から降り立った。降り立って振り返れば、トラネコは車内の暗がりから動かず、翡翠の目を静かに光らせている。

「一緒には来てくれないのかい？」

「必要あるまい。お前はもう、ひとりで歩いて行けるのだ」

猫は美しく微笑《ほほえ》んだ。

「行きたまえ、夏木林太郎」

「名前を呼んでくれたのは初めてじゃないか？」

「認めてやったのだ。歪んだ心は強い。しかし……」

いったん猫は口をつぐんで、すぐに吐き出した。

「お前はもっと強い」

力強い言葉であった。

相手をよく知る友であるからこそ口にできる、確かな励ましであった。

うなずく林太郎の背に、冷たいものが流れている。それほどの不快な感覚を伴った冷気が背後から漂ってくる。それでも林太郎は逃げ出したいとは思わなかった。逃げ出すわけにはいかないということがわかっていた。

「また会えるかな？」

「やめたまえ。別れの台詞《せりふ》としてはあまりに陳腐だ」

いかにも猫らしい手厳しい返答だ。

「さらばだ。勇敢なる友よ」

飾り気のないその一言が惜別の辞であった。

静かに頭を垂れた猫に対して、林太郎もまた心を込めて一礼した。

わずかの間を置いて、そのまま身をひるがえし、馬車に背を向けて歩き出す。

眼前には手狭な小道があり、少し向こうには黄色い古びた街灯と、その下でうずくまるようにして建つ一軒の小さな民家。目をこらせば、民家の木格子の戸口にはご丁寧に『夏木書店』の木札がさがっている。

いちいちがよくできた景色だ。

しかし、と林太郎は歩調をゆるめない。

しかしどれほどよくできた景色でも、作り物は作り物だ。

夜空に月はなく、地に草木はなく、隣家の窓に明かりはない。ここまで心の和まない景色も珍しい。

林太郎は、張り詰める冷ややかな空気の中を、まっすぐに歩き続け、やがて夏木書店の石段の前までやってきた。

見慣れた木格子の戸の向こうに、ここだけはっきりと明かりが灯っている。

「お入りなさい」

ふいに声が響き渡った。

落ち着きのある女性の声であった。

と同時に、音もなく戸が開き始めた。

「ようこそ、夏木林太郎君」

抑揚のない声が、室内に響いた。

室内といっても、林太郎にとっては、しごく見慣れた夏木書店の中である。

ただずいぶんと様子が違う。

両側の壁を埋める大きな書架には一冊の本もない。ひどくがらんとしており、おかげで異様に店内が広く見える。

中央には、向き合うように一組の立派なソファ。これも店にはなかったものだ。そして奥側の入り口を向いたソファには、小さな人影がある。

林太郎がいくらか戸惑ったのは、座っていた人物が痩せた初老の女性であったからだ。

大きなソファに小さな身を沈め、飾り気のない黒の礼服を着て、ゆったりと足を組んでいる。白く長い手を、組んだ膝の上に乗せ、じっとこちらを見上げる様子はまったく無防備で非力な印象でありながら、つかみどころがなく、容易に近づきがたい、灰色の空気をまとっている。

女性はほとんど身じろぎもせず、薄い唇を動かした。

「猫の従者はどうしたのかしら」

「最後はひとりで行けと言われました」

「冷たいお仲間さんね。それとも」

女性が右手の指を白い頬に添えた。

「舐《な》められたのかしら」

何かぞくっとするような寒気を林太郎は覚えた。

感情の読めない暗い瞳が、静かに見返している。何か目に見えない無数の蜘蛛《くも》の糸が伸び広がり、ゆっくりと搦《から》めとられていくような息苦しさを覚えて、林太郎は思わず一歩後ろに下がっていた。

たしかにこれまでに対話をしてきた相手とはまったく違う。

これまで出会った三人は、それぞれに異様ではあっても〝心の在りか〟とでもいうべきものを感じることができた。本に対するそれぞれの思いというべきであろうか。その思いが会話の糸口となり、出口ともなったのだ。

だが目の前の女性はまるで鋼《はがね》の壁のように、無機的で硬質な光を放つばかりだ。取っかかりもなければ、戸口もない。ただ底知れぬ冷ややかさだけが、そこに沈滞している。

いつもの林太郎であれば、この時点で早々に白旗を揚げて逃げ出していたかもしれない。徐々に血の気が引いていくような頼りなさと心細さを味わいながら、無意識の内に足元に目を向けたが、そこに相棒のトラネコの姿もない。逃げ出す理由なら、十や二十はすぐに並べられるだろう。

けれども林太郎はかすかに震える膝に力を込めて、踏みとどまった。

ここに来た目的というものがあった。これまでのように、単なる成り行き任せでここまでやって来たわけではないのである。

「『夏木書店』へようこそ」

女は膝の上で軽く両手を広げた。

「私の演出は気に入ってくれたかしら。素敵な旅だったでしょう」

「柚木を返してもらいにきました」

女が軽く目を細めた。

返答がないゆえに、林太郎は同じ言葉を繰り返す。

女はほとんど表情も変えず、小さくため息をついた。

「思っていたより頭の鈍そうな少年ね。わかりきったことを独創性のかけらもない言葉で口にする」

「〝頭が鈍くたっていい奴はいる。本当に頭の切れる人に、いい奴はめったにいない〟」

「スタインベック？　わざわざ引用するほどの言葉じゃないわ」

「いいえ、鋭い言葉です。あなたはとても頭が切れるみたいだから」

一瞬動きを止めた女は、やがて無感動な瞳を林太郎へ向けた。

「前言撤回、素敵なユーモアの持ち主だわ。ここまで招待した甲斐《かい》はあったみたいね」

「意図も目的もさっぱりわかりませんが、とりあえず〝ありがとうございます〟とでも言っておけばいいですか？」

「噂《うわさ》で耳にしていたより気が短いのね。もう少し穏やかな子だって聞いていたけど」

正確な指摘だと林太郎も思う。

心の中に恐怖感はあっても、頭の中は不思議なくらいに冴《さ》え渡っている。

要するに怒っている。

「もう一度言います。柚木を返してください。僕にどんな用があるのか知りませんが、彼女は関係がないはずです」

「用件は簡単なことよ。私はただ、あなたと話をしたいと思っただけ」

思わぬ返答に、一瞬、林太郎は言葉に詰まる。

「僕と話がしたいなら、僕だけを呼び出せばいいでしょう。柚木をさらってくるというのは尋常な手段じゃありません。そんな立派なソファにふんぞりかえって、庭園や噴水の周りを馬車で案内している暇があるなら、あなたが夏木書店を訪ねてくればいい。じいちゃん譲りのアッサムティーだってごちそうしますよ」

「それは考えなかったわけじゃないわ。でも、私が突然あなたのもとを訪ねても、きっと真剣になってはくれないでしょう？」

「……真剣？」

「私は真剣な会話がしたいの。その場しのぎの無難な回答や、遠慮や気遣いという名の怠惰な態度に興味はないわ。本気で本を愛している少年が、真剣に本について語る姿を見たいのよ」

女が唇の両端をほのかに持ち上げた。美しい微笑であった。美しくはあったが温かみの欠けた凍《い》てついた笑みであった。

林太郎は氷の手で首元を触れられたように、ぞくりと肩を震わせた。たちまち逃げる算段を始める自分の中の弱気な部分を強引にねじ伏せるように、林太郎は語を継いだ。

「もう一度聞きますが、僕と話をするためだけに、柚木を？」

「そうよ。あなたの今の様子を見ると、私のやり方は正しかったみたいね」

林太郎は大きくひとつ深呼吸をした。

完全に相手のペースである。相手のペースであることが悪いことかどうかもわからないが、感情に流されて冷静に頭が働かなくなるのは良いことではない。真剣な対話を望まれているならなおのこと。

にわかに押し黙った林太郎に対して、女は格別満足げな様子も見せず、静かに右手を伸ばして目の前のソファを示した。

黙ったまま動かない林太郎を見て、女はかすかに首をかしげて見せる。

「あなたにはこちらのほうが落ち着くかしらね」

ぱちりと指を鳴らすと、ソファが溶けるように消えて、今度は小さな木の丸椅子が姿を見せた。林太郎が夏木書店でいつも座っている古びた傷だらけの丸椅子だ。

いちいちの演出が念入りでありながら、しかし配慮の温かみは微塵も感じられない。懸命に踏みとどまる健気《けなげ》な少年を気遣っているわけでは全くない。その行為が目的に到達するための最短の手段であるという合理的な判断によって、遂行されているだけといった印象だ。

林太郎は抗《あらが》うことの無意味さを悟り、黙って椅子に腰を下ろした。

「僕は何を話せばいいんですか？」

「せっかちな子ね。でもガールフレンドを心配する少年のそういう態度は嫌いじゃないわよ」

淡々と告げた女は、もう一度指を鳴らした。

「まずはちょっとしたショータイムに、付き合ってくれるかしら」

ふいに右側の書架の前に、大きな白いスクリーンが現れた。と同時に、店内が薄暗くなり、スクリーンが明るく輝きだす。

「まずはひとつ目……」

女の声とともに、スクリーン上に浮かび上がったのは、立派な薬医門《やくいもん》と築地塀《ついじべい》だ。どこかで見た景色だと記憶をさぐる暇もなく、映像は門をくぐり、広大な屋敷の中に入っていく。

日本風の門から、屋敷の中に進んだ映像は、水墨画や鹿の剝製やヴィーナスの彫刻などの国籍不明の陳列物が並んだ廊下を通り抜け、やがて小さな縁側に座るひとりの男を映し出した。

林太郎が出会ったときは、真っ白なスーツに身を固めていた長身の男が、今はくたびれたワイシャツ姿でぼんやりと庭先を眺めている。自信にあふれていた傲然たる態度はすっかり鳴りを潜め、身じろぎもせず、ただ黙って庭の池を泳ぐ鯉《こい》を眺めている。その手元にはわずか数冊の本。繰り返し読み古されたのか、表紙がいくらか波打っている。

「わかるかしら？」

「第一の迷宮」

「そう。そしてあなたが本を解放した結果が、この景色」

女の声に、林太郎は眉を寄せる。

「閉じ込められていた本がすべて解放されたあと、彼はかつてのようにがむしゃらに本を読むことをやめてしまったの。五万冊の本を読む男として世間を牽引《けんいん》していた気鋭の批評家の急激な変貌に、多くの人々は驚き、落胆し、たちまち興味を失った。彼の築いた地位は、あとから現れた六万冊の本を読む男に奪われ、今は完全に日陰者になっている。地位も名誉も失い、ああして庭をぼんやり眺めているだけ」

答える言葉を持たない林太郎を、女は無感動に眺めている。

やがて女が今度は左手を指さすと、向かい側の書架の前に新たなスクリーンが現れた。

「次に行きましょう」

そんな言葉とともに映し出されたのは、いくつもの白い円柱が立ち並ぶ巨大な空間である。堂々たるアーチ状の大天井と、磨き上げられた石造りの床。壁の書棚には無数の書籍が収められており、そこかしこに細かな通路や階段が口を開けている。

言うまでもなく第二の迷宮である。

しかし、あのときは、無数の白衣の人々が、大量の本を抱えてさかんに行き来していた大回廊は、今は閑散として静まり返っている。のみならず、そこかしこに本や書類が散乱し、荒廃の気配が濃厚だ。

完全に人気《ひとけ》の絶えた歩廊に、しかしたったひとつだけ小さな人影があり、映像は急速にそこに近づいた。巨大な本棚のそばに置かれたテーブルの前に、白衣を着た丸々と太った学者が腰かけている。

林太郎たちが訪れたときは、地下の所長室で生き生きと研究に没頭していた学者が、今は魂が抜けたように歩廊の片隅に座りこみ、無精髭さえ伸ばし放題で、ただひとり、じっと手元の小さな本を見つめている。

「時代に応じた迅速な読書法を次々と編み出していた天才学者は、今はすっかり研究を投げ出して、ああして一冊の本を何時間もかけて読みふけっている。十冊の本を一日で読んでいた天才は、一冊の本に一か月をかける凡人になってしまったの。一世を風靡《ふうび》した著作はたちまち売れなくなり、引っ切りなしだった講演の依頼も消滅」

「何が言いたいんですか？」

「理想と現実の違いについて。でもまだ終わっていないわ」

女の手が天井に向けられた。

いつのまにかそこに三つ目のスクリーンが現れ、巨大な超高層ビルが映し出されている。

もはや言うまでもない。第三の迷宮だ。

灰色の巨大ビルの中に入った映像は再び中を駆け抜け、三面の窓に見覚えのある大きな社長室を映し出した。同じ部屋のはずだが、林太郎たちが訪れたときとはずいぶん印象が変わっている。きらびやかなシャンデリアはなくなり、真っ赤なカーテンも見えず、ソファセットも姿を消してずいぶん簡素なしつらえだ。その広々とした空間に、今、赤や青や黒のスーツを着た大勢の男たちが詰めかけて、騒然とした様相を呈している。

〝こんなことでは会社がつぶれてしまいます〟

赤いスーツの男が叫んでいた。

〝売れない本はただちに絶版にすべきです〟

〝読者は、わかりやすいもの、刺激的なものを求めていると言っていたのは社長じゃありませんか！〟

黒や青のスーツの男から次々と怒鳴り声が投げつけられる先には、痩せた初老の紳士の姿がある。悠然たる態度を示していた社長が、今は白い頭髪に手を当てて終始うつむいたままだ。

「社長が社の方針を変えたの。売れない本であってもすぐに絶版にはせず、すでに失われていた貴重な本をいくつも復刊させていった。結果として順調だった経営は大きく傾き、今や社長は、退陣を迫られている」

女は天井から視線を林太郎に戻し、冷ややかな声で告げた。

「あなたの素敵な冒険の結果がこれなの。どんなご感想？」

「ひどいものですね」

そう答えるのが精一杯であった。

室内は肌寒いほどの冷気が満ちているというのに、じっとりと背中までにじみだすものがあり、胸の内には吐き気にも似た不快な閉塞感がじわじわと頭をもたげつつある。

「あなたの言葉は、彼らの境遇を大きく変えた。でも幸せな結果かしらね？」

「幸せそうには、あまり見えません」

「じゃあ、あなたはひどいことをしたわけ？」

「何が言いたいんですか？」

「言いたいんじゃない。聞きたいのよ」

あくまでも静かな声が返ってきた。

女はソファに身を預けたまま、感情のない目を林太郎に向けている。

「何が正しくて、何が間違っているのか、私に答えがあるわけじゃないわ。わからないからあなたを呼んだと言えばいいかしら。あなたは本を救うために、あの三人と対《たい》峙《じ》した。そして果敢に言葉を交わし、彼らの哲学に大きな影響を与えた。あなたは彼らの価値観を大きく変えてみせたけれど、結果として彼らは皆、明らかに苦境に立たされている。彼らがあんな風に苦しまなければいけないのだとすれば、あなたのやったことはどういう意味を持つのかしら？」

考えたこともなかった問いである。

予想もしなかった事態だと言えばいいだろうか。

林太郎は己の思いをぶつけただけであった。その結果何かが大きく変わることを期待していたわけでもなかった。むしろこんな風に明らかな変化が提示されることなど想像もしなかったことであるし、その結果、誰かが苦しむことになるなどとは微塵も考えないことであった。

林太郎はなかば途方に暮れて、三面のスクリーンを見上げていた。

「哀《かな》しい世界だと思わない？」

女はどこか遠くを眺めるように、なにもない中空に視線をさまよわせた。

「人は本で身を飾り、お手軽に知識を詰め込んでは、読み捨てていく。ただただ高く本を積み上げれば遠くが見えると思っている。でも……」

女がガラス玉のような、美しくも乾いた瞳を林太郎に向けた。

「それで本当にいいのかしら？」

困惑する林太郎を、女は静かに見据えている。

暗い光の揺れる瞳からは、まったく感情を読み取ることができない。ただ、何らかの回答を聞けることが当然の権利であるかのように超然と構えている。

「なぜ……」

林太郎はようやく言葉を絞り出した。

「なぜ僕にそんなことを聞くんですか？」

「そうね、なぜかしら。あなたなら何か素敵な答えを持っているんじゃないかと思ったの」

「無茶ですよ。僕はただの引きこもりです」

「でも、あなたはたくさんの本を救い出すためにあちこちで力を尽くし、事実、救い出すことに成功したわ」

女はそっと額の髪をかき上げる。

「いまどき、そんなふうに本とつながっている人なんて、ほとんど見なくなってしまった」

「本とつながっている人……」

「そうよ。あなたや、あなたのおじいさんのような人はほんの一握り。昔はたくさんそういう人がいたのに、二千年の間に、何もかも変わっていってしまった」

耳慣れない言葉に林太郎は一瞬耳を疑い、聞き間違いではないと理解した途端、絶句した。

「二千年……？」

「正確には千八百年くらいかしら。私が生まれた頃の話よ。いつのまにかずいぶんな時間が過ぎてしまったわ」

林太郎は答える言葉を持たなかった。

猫が告げた「大きな力を持った本」という言葉の重みは、林太郎の想定など全く及ばない次元のものであったのだ。千八百年もの長大な時間を越えてきた本など、そうあるものではない。ましてそれだけの時間を越えてなお「大きな力」のある本となれば、無類の本好きの林太郎の記憶の中でも、ほとんど選択肢はない。

呆然《ぼうぜん》としている林太郎にかまわず、女は淡々と言葉を紡いでいく。

「昔は本に心があるなんて、当たり前のことだった。本を読む人たちはみんなそのことを知っていた。知っていて、互いに心を交わし合ったわ。あの頃は、本を手に取ることができた人はけして多くはなかったけれど、一度出会った人々はゆるぎない心で私を支えてくれて、私も彼らを支えていた。とても懐かしい時代。同時にそれは、とても輝かしい時代」

「そんなことが……」

「あったと信じることは、あなたにとって困難なことなのかもしれないわね」

力の抜けた林太郎の声を、女の静かな声が遮る。

「今では心を持った本に出会うことはほとんどないわ。それどころか本が心を持っていたことを知る人自体、いなくなってしまった。本と言えば、ただ活字を並べた紙の束を示すに過ぎなくなっている。このことは、巷《ちまた》で読み捨てられている大量の書物だけに起こっている話ではないの。長い年月を越え、世界中で読まれてきた私でさえ、本当に真摯に向き合ってくれる人に出会うことはほとんどなくなったわ。今ではもう、〝世界で一番読まれている本〟だなんて派手な文言で持て囃《はや》されながら、実際は誰も見向きもしなくなっている。閉じ込められ、切り刻まれ、売りさばかれている。あなたが見てきた通りのことが、私にも起こっている。二千年近い時の壁を越え、二千以上の言語の壁さえも超えてきた私にすらね」

女は何か苦痛をこらえるように、両目を閉じた。

「正直に言うわ」

血の気の薄い唇が動いた。

「私ももう力を失いつつあるの。かつて私は多くの人たちとたくさんの大切なことを語り合っていたはずなのに、何を語っていたのかさえ忘れつつある。忘れてしまえば、ほかの小さな本たちと同様、ただ知識と娯楽だけを提供する紙束になってしまう」

女は再び目を開けた。

「とても哀しいことよ。そんな哀しい世界で、あなたは何を思い、何のためにいくつもの迷宮を旅してきたのか、とても興味深く思ったの。あなたはこちらの世界ではそれなりに有名人なのだから」

最後の言葉は、女なりのユーモアであるのか、それとも純然たる事実を告げただけなのか、判断はつけられなかった。けれどもその問いかけの持つ重みだけは確かであった。

林太郎は足元に視線を落としたまま沈黙していた。

容易に返す言葉を持たなかった。けれどもそのまま沈黙することを良しとしない何かが心の奥底で波立っていた。

林太郎は、右手をそっと眼鏡の縁に当てて目を閉じた。

目を閉じてしまえば、いつもの座りなれた丸椅子の居心地とともに、まるで『夏木書店』にいるかのような落ち着きが戻ってくる。

いかにも作り物めいた書店の中でありながら、林太郎の胸中は慣れ親しんだ古書店の中へと戻っていく。

年季の入った古い書棚、レトロな作りのランプ、明るい日差しをほどよく遮る木格子の戸と来客とともに揺れる銀のドアベル。記憶の追想とともに、空っぽである書架には順々に、読み親しんだ書物たちが戻ってくる。

『カラマーゾフの兄弟』、『怒りの葡萄』、『巌窟王』、『ガリヴァ旅行記』……。何度も読み返した本のひとつひとつの位置を、林太郎は正確に記憶している。それらを心の中で追いかけていくうちに、波立った心はゆっくりと鎮まっていく。

「僕には……答えなんてわかりません」

林太郎は、たどたどしい口調で、それでも懸命に言葉をつないだ。

「けれども、本が何度も僕を助けてくれたことは事実です。何でも後ろ向きで、すぐにあきらめてしまうような僕がそれでも今までやってこられたのは、いつだって本がそばにあったからです」

林太郎は、磨き上げられた床板を見つめたまま、ひとつずつ脳裏に浮かんだ言葉を拾い上げていく。

「もちろんあなたが言ったように色々な問題もあるのかもしれません。けれども本の力はあなたが言うほど弱いものじゃない。消えていく本がたくさんある中でも、ちゃんと生き残っていく本があることを、僕は知っているんです」

顔をあげれば、女は身じろぎもせず座ったままだ。

どこまでもつかみどころのないその瞳に向かって、なお林太郎は語を継いでいく。

「じいちゃんも言っていました。本には大きな力があるんだと。二千年前のことは僕にはわかりませんけど、僕の周りには今だってたくさんの魅力的な本があって、そのたくさんの本とともに毎日を生きているんです。だから……」

「残念ね」

ひやりとした孤独な風が動いた。

かすかな風であったのに、林太郎の言葉を封じる圧倒的な重みを持っていた。熱を帯びていた林太郎の声は、一瞬で氷点下に凍結し、そこにとどめを刺すように女の一言が突き付けられた。

「期待外れだわ」

言葉を失った林太郎は、顔をあげてにわかに戦慄した。

深い闇が、林太郎を見つめていた。

二つの静かな瞳の奥に、異様な闇が広がっていた。それは悲哀であるか、絶望であるか、いずれにしても林太郎のような一介の高校生には到底太刀打ちのできない、何もかも飲み込んでしまう底なし沼のような暗い感情であった。

「思いだけでは何も変わらないのよ」

深い諦観に包まれた声が聞こえた。

「幼稚な理想論や、生ぬるい楽観論なら腐るほど耳にしてきたわ。長い年月の間に、本当に飽き飽きするほどにね。でも何も変わらなかった」

女の唇から漏れる声が、少しずつ低く重くなっていく。それに伴って、何か異様な気配が広がっていく。

暗い瞳は中空に漠然と向けられているだけで何も見てはいない。悠然と組まれた足も、その上に置かれた細い手も血の気がなく微動だにせず、唇だけが動く奇怪な蠟人形《ろうにんぎょう》がソファにもたれているかのようだ。

もはや林太郎の前に座っているのは、女の姿をしていながら女ではなかった。やり場のない黒い感情を抱えたまま蹲《うずくま》る〝巨大な何者か〟であった。

「その場しのぎの気休め、問題を先送りするだけの安易な妥協、軽薄で安直な自己充足のためだけの議論……、私はそういうものばかりを見せつけられてきた。時には、本の危機に気づいて声をあげた者も居たが、結局大きな流れを変えることはできず、ただ押し流されていくばかりだ。お前が出会った三人の人間が、自らの哲学を変革した結果、ことごとくその居場所を失ってしまったように」

ふいに女が小さく息を吐いた。

吐息とともに、すぐ眼前に黒々と広がっていた圧倒的な存在感が少しだけ小さくなったように感じられた。

無言の圧迫感がいくらか弱まり、林太郎はようやく思い出したように大きく呼吸をした。いつのまにか額にいくつもの汗が浮かんでいた。

「最初はね、本好きの不思議な少年が、あちこちで本を助け出しているという噂を聞いて、何か救いになる言葉をくれるかもしれないと期待をしたのよ。何かを変えてくれるとまでは言わない。ただ、私たちが忘れ去り、失ってきた力を取り戻すためのヒントのひとつくらいは、聞かせてくれるかもしれないと考えたわ」

でも、と女が暗い瞳を林太郎に戻した。

「さすがに買い被《かぶ》りすぎたみたい」

その白い右手がゆらりと上がった。

「帰りなさい。あなたの日常へ」

女の手が揺れるとともに、背後でからからと乾いた音が響いた。木格子の戸が開いたのだ。

待ち焦がれていた帰路が、唐突に示されていた。にもかかわらず林太郎は立ち上がるどころか顔をあげることさえできなかった。猛烈な力で地面に突き倒されたような衝撃の中、ただ呆然と座り込んでいた。

「用は済んだのよ」

一段と冷ややかな声を投げ出して、女は静かに立ち上がった。もはや眼前の事象に一切の興味を失った様子で、そのまま無造作に背を向けて、店の奥へ向かって歩き出した。

かろうじて顔をあげれば、壁であったはずの書店の奥に、真っ暗な通路が口を開けていた。書棚もランプも何もない、ただ暗く果ての見えないまっすぐなその通路へ、女は何も言わず歩き去っていく。こつこつという乾いた靴音だけが少しずつ遠ざかっていく。

帰っていいんだ……。

乾いた感慨が林太郎の胸を通り過ぎた。

帰れるのならそれでいいのだろうと、ごく淡々と事実を分析しながら、一向に身体は動かず心は何かを探すように彷徨《ほうこう》している。

なにを迷っているのだろうかと、林太郎は遠ざかっていく女の背中を見つめたまま自問した。

渾身《こんしん》の力説は一蹴され、精一杯の理念は失笑を買い、吹けば飛ぶようなプライドは文字通り吹き飛ばされてしまったが、改めて傷つくような何かがあったわけでもない。このまま、ただ悄然《しょうぜん》と肩を落として立ち去り、あの冴えない日常生活を再開すればいいだけなのだ。

わけのわからない本の迷宮で起きた出来事に、あれこれ悩む必要もない。高校生の自分にできることなど限られている。まして陰気で根暗な読書少年が不思議の国にやってきたからと言って、いきなり完全無欠のヒーローになるわけもない。どこに行こうと中身は純然たる引きこもりなのである。それでも何やら一通りの複雑な議論をやってのけたのだから、立派だったと褒めてやっても良いくらいだ。

訳知り顔の理屈と、身に染みた諦観とが、心地よく言い訳を整えて、波立つ心の奥底を巧妙に片付けていく。

いつだって、こうして毎日を生きてきた。それでうまくやってきた。

それでいいじゃないか。

それで……。

「良くないよ」

ふいに林太郎は、小さくつぶやいていた。

自分でも不思議なくらい、突然こぼれ落ちた言葉だった。

つぶやいた途端、忘れかけていた大切なことが胸の奥できらめいた。

ここに来た一番の理由。水底に沈んでいた大切な宝箱をふいに引き上げたような衝撃を受けて、林太郎は我に返った。

「柚木は……」

反射的に顔をあげた林太郎は、ぞっとして身震いした。

前方に広がる暗い通路には、すでに女の姿が見えなくなっていたのだ。それでもかすかに聞こえる靴音に引き寄せられるように林太郎は立ち上がった。

「待ってください！」

力いっぱい叫んだはずの声は、吸い込まれるように通路の奥に消えていく。のみならず、かすかな靴音さえ遠ざかっていく。

「柚木はどこですか。柚木を返してください！」

懸命の林太郎の声はむなしく室内に響くだけだ。返答はなく、すべてを突き放すような乾いた靴音だけが、かろうじて聞こえてくる。

林太郎はなかば呆然としたまま、背後の戸口を振り返っていた。

格子戸は、ここが出口だと言わんばかりに、大きく開け放たれたままである。そこから出ていけば、きっと見慣れた日常が待っているに違いない。平凡で、憂鬱で、窮屈だが、格別の勇気も矜持《きょうじ》も必要のない生ぬるい日常……。

居心地のよい書店の中に座り込む自分を思い描きながら、しかし林太郎の足は動かなかった。

この旅は、帰ればそれで良いという単純なものではなかった。ここに来た目的というものをまだ忘れてはいなかったのだ。

拳を握りしめた林太郎は、一度目を閉じると、意を決したように戸口に背を向け、奥の真っ暗な通路に向けて歩き出した。

通路に入るとたちまち四方は黒一色に塗りつぶされ、視界も何も定まらなくなる。足元さえも見えないから走り出すこともできないが、靴の下の固い感触と、かろうじて聞こえてくる規則的な靴音だけを頼りに進んでいく。

じっとりと背中に汗をかいている。

振り返らないのは、迷いがないからではない。もし出口が見えなくなっていたとき、冷静でいられる自信がないからだ。心の奥底では、恐怖や後悔や苛立《いらだ》ちや自己嫌悪といった負の感情がぐつぐつと煮え立ち、今にも吹きこぼれてあふれそうになっている。一度沸騰すればもはや手の付けようがないから、林太郎は少しでも気持ちを落ち着かせるために、別のことを考える。

学校生活のこと、引っ越しの準備のこと、気さくな叔母のこと、穏やかな祖父の横顔と書架に収められたたくさんの本、そしてトラネコの控えめな微笑と、クラスメートの快活な笑顔……。

林太郎は前方を睨《にら》みつけたまま歩き続けた。

女の背中は見えない。けれども靴音は確かに聞こえている。少なくとも遠ざかってはいない。

浮足立つ心が、少しずつ鎮まってくる。

恐る恐るであった歩行が、いくらか力強さを持ち始めている。

歩き続けながら、林太郎は誰にともなく口を開いていた。

「ずっと本について考えていました」

暗い通路に声が響いた。

答える言葉はなく、ただ靴音だけが遠くで時計の針のように単調なリズムを刻んでいる。

「本の力ってなんなのか、ずっと考えていたんです。じいちゃんもよく言っていました。本には大きな力がある。けれどもその力って本当は何を意味するんだろうって」

言葉が紡がれるとともに、じわじわと心の奥底から不思議な熱が生み出されていた。押さえつけられ、氷のような吐息を吹きかけられてもなお燻《くすぶ》ることを止めない埋《うず》み火のような熱だ。

「本は、知識とか知恵とか、価値観とか世界観とか、いろんなものを与えてくれます。知らなかったことを知ることは楽しいし、まったく新しい物の見方に出会えることは、すごくわくわくすることです。でもそんなものよりもっと大切な何か大きな力があるんだって、なんとなく思っていたんです」

林太郎は、次々と胸の内に舞い降りてくる淡雪のような儚《はかな》い思いを、懸命に掬《すく》い上げ、言葉に変えていく。捕まえたと思ったとたんに消えてしまうたくさんの大切な事柄の、ほんの一部だけでも伝えるために、ただ夢中で虚空を見つめて歩き続ける。

自分に特別な力があるなどとは思わない。

何かを変えられると思っているわけでもない。けれども何かできることがあるのだとすれば、本について語ることくらいだと思っている。その意味では、胸の内にある思いを、まだしっかりと伝えきってはいない。

「そうしてずっと考え続けて、本の力がなんなのか探し続けて、いろいろ思い悩んで、最近少しだけ答えのようなものにたどり着いた気がしているんです」

林太郎は、ふいに足を止めて闇のかなたへ投げかけた。

「本はもしかしたら〝人を思う心〟を教えてくれるんじゃないかって」

さして大きな声ではなかった。

けれども、なにか朗々とした響きをもって伝わっていった。

気がつけば、靴音が途絶えていた。

にわかにすべてを飲み込むほどの深い静寂が、真っ暗な通路に舞い降りた。

闇の中を見透かしても、女の姿は見えない。しかしそのどこかに立ち止まっているであろう相手に向かって、林太郎は語を継いだ。

「本にはたくさんの人の思いが描かれています。苦しんでいる人、悲しんでいる人、喜んでいる人、笑っている人……。そういう人たちの物語や言葉に触れ、一緒になって感じることで、僕たちは自分以外の人の心を知ることができるんです。身近な人だけじゃなくて、全然違う世界を生きている人の心さえ、本を通して僕らは感じることができるようになるんです」

静寂は続いていた。

靴音は再開されていなかった。

その静けさに鼓舞されるように林太郎は続ける。

「人を傷つけてはいけない。弱い者いじめはいけないし、困っている人がいれば手を貸してあげなければいけない。そんなことは当たり前じゃないかと言う人たちがいます。でも本当は当たり前じゃなくなっているんです。当たり前じゃないだけでなく、〝なぜか〟と問う人たちさえいるんです。なぜ人を傷つけてはいけないか、わからない人たちがたくさんいるんです。そういう人たちに説明するのは簡単じゃありません。理屈じゃないんですから。でも本を読めばわかるんです。理屈で何かを語るよりずっと大切なこと、人はひとりで生きているわけじゃないってことが、簡単にわかるんです」

林太郎は見えない相手に向かって、懸命に言葉をふるう。

「〝人を思う心〟、それを教えてくれる力が、本の力だと思うんです。その力が、たくさんの人を勇気づけて支えてくれるんです」

林太郎は一度言葉を切り、唇を嚙《か》みしめてから、今度は精一杯、腹の底に力を込めて告げた。

「あなたが忘れそうになっているなら、僕が声を大にして言います。人を思う心、それが本の力なんだと」

真っ暗な通路に力強い声が響き渡り、そして消えていった。

完全な沈黙に返ったとき、ゆっくりと闇が晴れていくように思われた。と感じるまもなく視界が回復し、気がつけば林太郎は最初と同じように、夏木書店によく似たあの不思議な空間に戻っていた。

すぐそばには先ほどまで座っていた丸椅子があり、目の前のソファの後ろには、女がまるで最初からずっとそこにいたかのように立っていた。

入り口の格子戸は大きく開け放たれているが、店の奥には、つい先ほど飛び込んでいったはずの真っ暗な通路は見えず、ただの板壁が立ちふさがっている。三つの迷宮を映し出した三面のスクリーンも、何事もなかったかのようにそれぞれの男たちを映し出していて、格別の変化はない。

真っ暗な通路を歩いたことは夢であったのか。どこからどこまでが事実であるのか、もはやはっきりとは林太郎にもわからない。

けれどもひとつだけ確かに変わったことがある。

林太郎の心の在り方だ。

「すみません」

林太郎は女に向かって頭をさげた。

「帰れと言われましたが、まだ帰るわけにはいかないんです。柚木を返してもらっていないんですから」

女は立ち尽くしたまま答えない。

その瞳の光は相変わらず温かみに欠け、見る者に寒気をおぼえさせる暗さを含んでいる。

しかし林太郎は慌てない。相手は自分などよりはるかに巨大な存在だ。いきなりすべての思いが通じるはずもない。相手が立ち止まって振り返ったことに意味がある。

「でも」とふいに女の薄い唇が動いた。

「でも、人は、そんな大切な本を破壊することばかりに力を尽くしている。壊された本は力を失ってしまう。どれほど大きな力を持った本でも、閉じ込められ、切り刻まれ、売りさばかれて、やがて消えていく。これは誇張でも比喩でもない。私が実際にこの目で見てきたこと。これからもきっと多くの本が壊されていくわ」

「そうかもしれません。けれども壊れません」

林太郎の思いのほか落ち着いた言葉に、女の髪がかすかに揺れた。

「壊そうとしたって簡単には壊れないんです。今だって目に見えない場所で、たくさんの人と本とがつながっている。そのことはまぎれもない事実です。あなたが今ここにいること自体が、その一番の証拠じゃないですか」

確かな強さを持ったその言葉に、女はほんのわずかであったが驚いたように眉を動かした。

初めて女が見せた表情らしい表情であった。

一瞬の沈黙。

そのわずかな隙を突くように、突然思わぬ声が飛び込んできた。

「よく言ったぞ、少年」

張りのある男の声であった。

驚いて周りを見回したが、室内にはもちろん女以外に人影はない。

「さすが私が見込んだ少年だ。感服したぞ」

再び聞こえた声に、林太郎はすぐ右手に目を向けて、仰天した。

林太郎に向けてにやりと笑ってみせたのは、あろうことかスクリーンに映っていた第一の迷宮の男であったのだ。

縁側に腰かけたまま、男は悠々と茶をすすってから再び口を開いた。

「少年よ、何も迷うことはない。自信を持ってその女を怒鳴りつけてやりたまえ。偉そうなことを言っていながら、何もせず高みの見物を決め込んでいるのはお前の方ではないかと。お前の方こそ、気休めの理屈に安んじているのではないかと」

呆気《あっけ》にとられる林太郎を、面白そうに眺めながら男は言う。

「少年よ、何かを変えるということは大変なことだ。だが君は恐れずに私に渾身の言葉を投げかけてくれた。私は君に感謝しているのだ。あれ以来、日々実に多くの発見があり、数多《あまた》の驚きに出会っている。君の言ったとおり、私は真の意味で本を愛してなどいなかった。あれほどたくさんの本に囲まれていながら、たった一冊の本の中にさえ無限の世界が広がっているということに気づいていなかったのだから。だが最近の最大の発見は、実は本に関することではない」

男はゆったりとした動作で、手元の湯飲みを持ち上げた。

「妻の淹れてくれる茶が、実にうまいということだ」

腹の底まで温かくなるような豊かな笑い声であった。

その笑い声に重なるように、今度は左手から別の声が飛び込んできた。

「小さな客人よ、自信を持ちなさい」

慌てて林太郎は反対側のスクリーンに目を向ける。

まだ口を半開きにしたまま声も出ない林太郎を見て楽しげに笑ったのは、椅子に腰かけていた白衣の学者だ。丸い頬のうえに優しげな光をたたえた瞳がある。

「僕のベートーヴェンを乱暴にも早送りにしたのは君ではないか、小さな客人よ。あのときの自信を思い出しなさい」

学者はゆったりとうなずきながら、再び愉快げに笑う。

「君の選んだその道を、勇気を持って歩きなさい。〝何も変わらない〟と嘆くだけの無気力な見物人にはなるでない。君自身が旅を続けなさい。メロスが最後まで走り続けたように」

女は細い眉をわずかにゆがめた。

「思いだけでは変わらない……」

「それでも、やってみようとは思わないかね」

深みのある声が、天井から降ってきた。

見上げれば、椅子から立ち上がった社長が、詰め寄せる多くのスーツの男たち相手に語りかけていた。

「理屈ではない。理屈ではなく我々には矜持があるのだ」

しかし、と抗議の声をあげかけた相手を、社長の思いの外大きな掌《てのひら》が制した。

「君たちは本が好きでここに来たのではないのかね？」

静かではあっても気迫の籠もった声であった。ざわめいていた男たちがにわかに口をつぐんだ。

「ならば理屈は置きたまえ。理想を語りたまえ。それが本を生み出す我々の特権だ」

朗々と告げる声に、スーツの男たちが一斉に姿勢を正したように見えた。

天井を見上げていた林太郎は視線を眼前の女に戻した。

「微々たるものでも、変化は変化です」

女は林太郎の視線を受け止めて、目をそらさなかった。ゆえに林太郎もまた、その目に向けてまっすぐに答えた。

「僕らが本の力を信じているのに、あなたが信じなくてどうするんですか？」

立ち尽くしたまま、女は身じろぎもしなかった。

言葉が消え、再び静寂が小さな空間を支配した。

室内に満ちた沈黙は今度こそ容易に晴れず、どこまでも深く、重く、まるで降りしきる雪が音もなく堆積していくように二人の足元を埋めていく。

荘厳なまでの静けさ。

ともすれば息苦しくなるほどの圧迫感を伴った静寂。

この最後の迷宮を訪れて、もっとも長い静寂であったろうか。

やがて女は、ゆっくりと目を閉じてからつぶやくように告げた。

「嫌になるわ……」

それからそっと目を開けて、今度は林太郎を眺めやるようにした。

「時々こういうことを言う人に出会ってしまうから、どうしても期待を捨てられない」

相変わらず、感情の読み取りにくい淡々とした口調であった。にもかかわらず、そこにはこれまでとは異なるかすかな抑揚が含まれていた。

林太郎がはっとしたのは、女の瞳に柔らかな光が揺れたように見えたからだ。光は一瞬のまたたきに過ぎず、次の瞬間にはもとの深く暗い瞳の中に溶けてしまったが、それでも確かに明るい光が見えたと思った。

「人を思う心……。そういう考え方、嫌いじゃないわ」

独り言のようにそう告げた女は、何かに気づいたように背後を振り返った。

見ると、部屋の奥の方からゆったりと白い光が満ち始めている。光はゆっくりと広がり、どちらかと言えば薄暗かった夏木書店の中が明るくなってきた。立ち並んでいた頑丈な書棚や、スクリーンまでがなんとなく淡く輝き始めている。

「時間切れね」

「時間切れ？」

「結構、無茶なこともしたから、いつまでもこうしてはいられないの」

女は満ちてくる白い光を見つめながら、淡々と続けた。

「今度こそ帰りなさい。いつまでもここにいては本当に帰れなくなってしまう」

それは唐突ではあっても、まぎれもない別れの挨拶であった。

慌てる林太郎をそっと制して、

「大丈夫。ガールフレンドのことなら心配はいらないわ」

さらりとそんな風に言われてしまえば、林太郎には返す言葉もない。ただ大きくうなずいている間にも、辺りの光はゆっくりと強くなっていく。

「お別れなんですね」

「ええ、とても……」

一瞬言いよどんだ女はすぐに続けた。

「楽しい時間だったわ」

「僕も会えて良かったです」

丁寧に頭をさげる林太郎に、女は軽く首をかしげる。

「律儀な子ね。それとも私の知らない現代のジョークかしら？」

「いいえ、あなたに会えたおかげで、またひとつ大切なことに気づくことができた気がします。だから」

ありがとうございました、と今度ははっきりと頭をさげた林太郎を、女はしばし沈黙とともに見守っていた。

「素敵なお別れの言葉だわ」

小さくつぶやくと右手をすっと持ち上げ、傍らに浮かんでいたスクリーンに触れた。とたんに三面のスクリーンが消え、もとのからっぽの本棚が立ち並ぶ殺風景な景色に戻った。

女の手が書棚に触れると、今度は、青い光とともに棚の中に次々と本が生み出され、順序よく整列させられていく。またたくまに両側の壁はぎっしりと重厚な蔵書で埋まった。

「やっぱりここは、この方が似合うわね」

にこりともせずそんなことを言う。

その突飛な言動が、女性なりの返礼であると、林太郎はすぐに気づくことができた。

「僕も断然、こっちの方がいいと思います」

笑顔で応じれば、女はあくまで無表情のまま小さく、しかし確かにうなずいた。

辺りの光はさらに強さを増し、書棚とソファと二人をそっと包み込んでいく。

林太郎はただ立ち尽くしているしかない。

光の中で、女の血の気の薄い唇がかすかに動いて、何事か小さくつぶやいたようだが言葉は届かない。そのまままるで何事もなかったかのように、林太郎に背を向けて歩き出した。

なんの未練も見せないまことにあっさりとしたその態度が、いかにも自然体だと、林太郎は妙なことに感心しながら、遠ざかる背中を見送る。

ありがとう……。

別れ際に女性はそう言ったのだと、不思議なほどの確信を抱きながら、林太郎は辺りを包み込んでいく真っ白な光に身を任せた。

どれほどの時間が過ぎたであろうか。

気がつけば、林太郎は見慣れた夏木書店の床板の上に膝をついて座りこんでいた。

その腕の内に、穏やかな表情のまま眠っているクラスメートの姿がある。

そのままの姿勢でそっと店の奥に目を向ければ不愛想な板壁があるばかり。戸口へ視線を転じれば、なんとなく明るい戸外には粉雪が舞っている。

柚木、とそっと声をかけると、沙夜はわずかの間も置かず、まぶしげに目を開いた。

「夏木……？」

聞き慣れた声に、林太郎は大きく安堵《あんど》の吐息を漏らす。

見上げる沙夜は、少し間を置いて遠慮がちに口を開いた。

「大丈夫？」

「それは多分、僕の台詞だよ」

苦笑した林太郎に、沙夜もそっと笑顔を見せた。

朝練前のいつもの魅力的な笑顔だ。

沙夜はそのまま軽く辺りを見回し、林太郎に視線を戻してから大きくうなずいた。

「ちゃんと連れ帰ってくれたみたいね」

「そういう約束だったから」

林太郎は沙夜の手を取って、立ち上がった。

立ち上がってみれば、さして広くもない夏木書店の店内で、林太郎は正面から沙夜と向き合う形となる。うっすらと雪の積もった外からは、格子戸越しに柔らかな光が差し込んできて、それを背にした沙夜の姿はいつも以上に眩《まぶ》しく見える。

「こういうとき、おかえり、とでも言えばいいのかな」

決まり悪げなその問いに、沙夜は軽く首を左右にした。

「違うわ」

困惑する林太郎に沙夜は華やかに笑う。

「メリークリスマス、よ」

林太郎にはあまり縁のない言葉が聞こえた。

美しい響きだと素直に感嘆した。

だから林太郎も笑顔で同じ言葉を繰り返した。

終章　事の終わり

鉄線花《てっせんか》は、祖父の好きな花だった。

特に、深みのある濃紺色の種を好み、初夏の鮮やかな日差しの下、大きく開いた花弁を眺めてしばし陶然と目を細めている祖父の横顔を、林太郎はつい先日のことのように思い出すことができる。

冷ややかな直線の中にしなやかな曲線を交えたその造形は、クレマチスというハイカラな呼び名より鉄線花の方がよほどよく似合う。

寡黙な祖父にしては珍しくそんなことを言い、『夏木書店』の入り口の小さなプランターを鉄線花で飾っていたのである。

自分にもできるだろうか。

林太郎がそんな風に考えて、しばらく放置していたプランターに水をやり始めたのは、ようやくいくらかの心の余裕ができてきたからであろう。

祖父が逝って三か月。

少しだけ季節が進み、少しだけ景色がかわった。

軒下の雪が溶け、梅が咲き、桜がつぼみをほころばせていく。

そんな当たり前の時の流れの中で、林太郎は相変わらず早朝七時に書店の格子戸を開け、小さな店の空気を入れ換えている。箒《ほうき》を手に取って石段を掃き、まだ若葉ばかりのプランターに水をやったら、室内にはたきをかける。

「やってるわね」

店内の掃除が、およそ目途がついてくるころ、明るい声を響かせて店に入ってくるのは、黒い楽器ケースを持った柚木だ。その中身がバスクラリネットであると聞いたのはつい最近のことである。クラリネットにバスとつくものがあることを林太郎は知らなかったが、大きな吹奏楽部の中でも柚木ひとりが受け持っている貴重なパートなのだという。

「毎日毎日よくやるわ」

言いながら、店の真ん中に置いてある小さな丸い椅子にとんと身軽に腰を下ろす。

「何も毎日欠かさず掃除することなんてないんじゃない？」

「いいんだよ」

笑いながら林太郎は書棚の本を一冊ずつ拭いていく。

「柚木と違って僕には朝練もない。こうして掃除していると、まだまだ面白そうな本に出会えるから、結構楽しいんだ」

「ほとんど変態ね」と相変わらずの遠慮のない言葉が、どこまでも爽やかだ。

「それにしても、今回の本はちょっとひどいんじゃない？」

そんなことを言いながら、沙夜は肩掛け鞄《かばん》から大きな単行本を引きずり出した。

「わけわかんないんだけど」

林太郎は苦笑する。

先日紹介したばかりのガルシア＝マルケスの『百年の孤独』である。

最初にオースティンから入り、そこから、スタンダール、ジッド、フローベールといった作品群を林太郎が紹介したのは、恋愛小説なら読みやすかろうという彼なりの気配りであったのだが、ひととおり読み終えた沙夜の方から、また別の種類の本も読んでみたいと言ってきたのはつい先週のことである。

林太郎が選んだのがガルシア＝マルケスであった。

「本当に夏木って、これ全部読んだの？」

「読んだよ。もうだいぶ前のことだけど」

「やっぱり夏木は普通じゃないわ。私にはさっぱり意味わかんないんだもの。難しすぎるのよ」

「そりゃ良かった」

書棚にはたきをかけながら笑う林太郎に、沙夜が不思議そうな顔を向ける。

「良かった？」

「読んで難しいと感じたなら、それは柚木にとって新しいことが書いてあるから難しいんだ。難しい本に出会ったらそれはチャンスだよ」

「なにそれ」

沙夜はむしろ困惑顔だ。

「読みやすいってことは、それは柚木が知っていることが書いてあるから読みやすいんだ。難しいってことは新しいことが書いてあるって証拠だよ」

微笑する林太郎を、希少動物でも見守るような目で沙夜は見つめている。

「やっぱり夏木って変態ね」

「ひどい言われようだ」

「でも悪くはないわ」

沙夜は右手を額にかざしながら、林太郎を眺めやる。

「なんだかちょっとかっこいい感じ」

机を拭いていた林太郎の手がぴたりと止まる。

ちらりと視線を投げかければ、のぞき込むように首を傾けた沙夜がにやにやと笑っている。

「耳赤いわよ」

「これでも初心《うぶ》なんだよ。誰かと違ってね」

「なにが初心よ。『ロリータ』とか『ボヴァリー夫人』みたいなエロい本いっぱい読んでるくせに。それともむっつりすけべ？」

「そういう態度でいると、もう本を売らないよ」

ウソよ、と明るい声を響かせて、沙夜は椅子を立った。そのまま戸口へ向かうわけではなく、軽い足取りで店の奥へと歩いていく。

突き当たりの板壁の前まできて、そこにそっと手を当てた。

「やっぱり行き止まりね」

「行き止まりでないと困るよ」

「困るけど、ちょっとさみしいわ。まるで全部夢だったみたい」

本当に夢だったのではないかと林太郎は思うときがある。

だがすべてが夢であったとしても、林太郎にはひとつだけはっきりしていることがある。

自分は孤独ではないということだ。


〝引っ越しをせず、一人暮らしをしたい〟

クリスマス・イブのあの日、業者のトラックが到着する一時間前に、林太郎はその言葉を口にした。とんでもないことを、はっきりと告げた林太郎に対して、叔母は意外なほど驚かなかった。

まっすぐな目を向けてくる甥《おい》を、叔母は肉付きのいい腕を組んだまましばらくじっと見返していた。

微妙な沈黙は、ずいぶん長く続いたようでわずかな時間であったかもしれない。おもむろに叔母が口を開いた。

「やっぱり何かあったでしょ、林ちゃん」

林太郎にとっては、予期していなかった問いかけだ。戸惑う少年を見て、叔母は血色のよい頬にほのかな苦笑を浮かべた。

「まあいいわ。まだろくに話もしていない太ったおばさんに、男の子の秘密の全部を話せっていうのは無理な話よね」

もちろん林太郎としては猫との奇妙な冒険について語るわけにはいかない。なによりも、その不思議な出来事の中で自分の何が変わったのか、はっきりと自覚があるわけではない。

ただ、どんなことでもいい、少しでも自分の足で踏みだしてみようと思ったのだ。

選択肢などないという言葉は、ただの思い込みどころか、言い訳でしかなかったと今の林太郎ははっきりと理解している。選ぼうと思えば道はいくらでも四方に広がっている。選ぶか流されるか、それだけの問題なのだ。

〝自分自身を信じなくてどうするのか〟

あの迷宮の奥で、林太郎はそんな言葉を相手に投げかけた。投げかけたと同時に、それは自身への叱咤《しった》の声となった。言葉は力となり、林太郎もまた自分で歩み出すことを決めたのである。

口をつぐんだままの林太郎に、叔母はやがて柔らかな口調で続けた。

「無理をしているわけじゃないわね？」

「無理？」

「そう、叔母さんみたいな知らない人と一緒に暮らすのが嫌だから、その場しのぎの思いつきを口にしているということはない？」

「それはありません」

「ホントに？」

「絶対に」と林太郎は短く、力強く答えた。

またしばし腕を組んだまま考え込んでいた叔母さんは、やがて大きくうなずいてから林太郎に告げた。

「じゃあ私から出す三つの条件を飲んでくれたら、考えてあげなくもないわ」

「三つの条件？」

「そう。ひとつは必ず学校に行くこと」

げっ、と林太郎は胸中でつぶやく。ずっと学校を欠席していたことはしっかり把握されていたわけだ。

「二つ目は、週に三日は叔母さんに電話を入れること。安否確認のためね。そして三つ目は……」

叔母さんは太い腕を腰に当てて身を乗り出した。

「困ったときは意地を張らずにちゃんと叔母さんに相談すること。高校生で一人暮らしだなんて簡単じゃないんだから」

細やかな気遣いに、林太郎は容易に返答ができない。

本当に優しい人なのだと、林太郎は改めて思う。気さくな言葉の端々に、不器用な甥に対する配慮があふれている。

この人もきっとあのとき夏木書店にいれば、奇妙なトラネコや不思議な本の廊下が見えたに違いない。

「でも週に三日の電話って結構大変かもしれません」

「あら、引っ越し当日に、それも予定の一時間前にキャンセルの電話をするのと、どっちが大変かしら？　よければ代わってあげるけど」

優しいだけではなく頭のいい叔母であった。

林太郎に反論の余地はない。

よろしくお願いします、と頭をさげた林太郎の耳に、叔母の苦笑交じりのつぶやきが聞こえた。

「なんだか林太郎君、おじいちゃんに似てきたわね」

なぜかそれが、最大級の褒め言葉に聞こえたのである。


「難しい本に出会ったらチャンス、か」

『百年の孤独』を眺めながら、沙夜がそんなことをつぶやいている。

「ちなみにガルシア＝マルケスは、秋葉先輩が好きな作家のひとりだよ。たぶん、ここにある彼の本は全部読んだんじゃないかな」

「そんなこと言われると、かえって読む気力がなくなるんだけど」

まあいいわ、と鞄の中にその大きな本をしまいながら、林太郎を軽く睨《にら》んで、

「でも面白くなかったら怒るからね」

「そりゃ筋違いだよ。書いたのはガルシア＝マルケスであって、僕じゃない」

「でも勧めたのは、夏木であってガルシア＝マルケスじゃない」

叔母さんといい柚木といい、自分の周りには頭のいい女性が多いんだなと、林太郎は妙なことに感心する。

「あ、いけない！」といきなり沙夜が立ち上がったのは、朝練の始まる時間に気づいたからだ。机の上に置いていたバスクラリネットのケースを手にとって、慌てて戸口

へ向かう。

「夏木もちゃんと学校来なさいよ」

「そのつもり。叔母さんとの約束もあるからね」

見送りがてら外に出れば、今日は思いの外に晴れ渡った空である。早朝の鮮やかな日差しの下をちょうど黄色い宅配便の二輪車が過ぎていく。

店の前の石段を身軽に飛び降りた沙夜が、ふいに思い出したように振り返った。

「ね、今度ご飯でもいかない？」

軽やかに投げかけられた言葉に、林太郎は二度ほど瞬《まばた》きをし、それから情けないほど動揺した。

「僕と食事？」

「そうよ」

「どうして？」

「いつまでたっても夏木が誘ってくれないからでしょ」

ぽんと爽やかな声が、朝日の中に投げ上げられた。

林太郎は一層動揺を深くして、容易に言葉が出てこない。対して沙夜は、呆《あき》れ顔に苦笑を交えてつづけた。

「本屋の中で本の話も嫌いじゃないけど、たまには日差しを浴びないと具合を悪くするわ。せっかく天国に行ったおじいさんに、まだ心配かけるつもり？」

「女の子と食事だなんて言ったら、もっとじいちゃんは心配するよ」

せめて普段の林太郎であれば、それくらいの気楽な応答ができたかもしれないが、今回に限って言えば、頭の中は真っ白でろくな台詞《せりふ》も浮かばなかった。

僕で良ければ、などという月並みで、かつ気の利かない返答に対して、「我慢してあげるわ」と歯切れの良い返答が来れば、もはや応じる言葉もない。

そんな林太郎にこれ以上はないほど魅力的な笑顔を投げつけて、沙夜は路地を駆けだしていく。ぱたぱたと、小気味よい靴音を聞くうちに、林太郎は思わず口を開いていた。

「柚木」という声に、少し離れたクラスメートが不思議そうに振り返る。

「ありがとう」

遠慮がちな声が、思いの外はっきりと静かな路地に響いた。

ふいの直球にさすがに沙夜は驚いたようだ。

機知もひねりもないその言葉に、しかし林太郎は率直な気持ちを込めたつもりだった。

心配して何度も足を運んでくれた友人に対する林太郎の思いは、一通りではない。どんな言葉を投げかければ良いのか、散々悩んだ末に出てきたのは、まことに平凡な一言であったが、それでもこれが、今の林太郎にとっての全力であった。

ぽかんとして突っ立っている沙夜に向けて、林太郎はもう一度声をあげた。

「本当にありがとう。いろいろと柚木のおかげだよ」

「なによ、急に。気持ち悪いわね」

「柚木でも赤くなることがあるんだね」

「誰が！」

よく通る声とともに、沙夜は身を翻し、路地の向こうへ駆けていく。

春の日差しはどこまでもまばゆくて、身軽な制服の背中は光の中へ溶けていくようだ。

しばし身じろぎもせず見送る林太郎の耳に、ふいに低い声が聞こえた。

「しっかりやりたまえ、二代目」

驚いて辺りを見回したが、静かな路地にむろん人影はない。一瞬、向かいの塀の上をひらりと乗り越えていくトラネコの背中が見えた気がしたが、それも定かではない。

あ、と思ったときには何の変哲もない見慣れた日常の景色である。

林太郎はしばし身じろぎもせず立ち尽くしていたが、やがて小さく苦笑した。

〝やってみるよ。僕なりに〟

胸の内ではっきりと答えてから、晴れ渡った空を見上げた。

店内の掃除が終われば、いつものアッサムティーを淹《い》れて少しばかり本を読む。時間がくれば、戸締まりをして鞄を持って学校へ行く。行けば行ったで冴《さ》えない出来事の連続なのだが、とにかく無断欠席したあげく聡明な学級委員長を怒らせることだけは回避しようと努めている。

問題は山積みで、なにひとつ解決はしていない。それでもとにかく、自分で選んだ地道な日常を、自分の足で歩いていくのが今の林太郎のつとめなのである。

林太郎は表の格子戸を開けたまま店内に戻ると、慣れた手際で卓上にティーセットを取り出した。電気ポットで湯を沸かし、使い込まれた祖父のティーポットに注ぎ込む。そんな間にも、にぎやかな笑い声が聞こえてくるのは、表の路地を近所の小学生の一団が駆け抜けていくからだ。

人の気配が増え始め、すでに新しい一日が動き始めている。

心地よい香りが立ちのぼる中、林太郎はそっと本を開いた。

ゆったりと風が流れ、戸口のドアベルが澄んだ音色を響かせた。

解説にかえて
――猫が教えてくれたこと――

夏川草介

その猫に出会ったのは、いつの頃であったか。

今となってははっきりと思い出せないが、おそらく私がまだ七歳か、八歳の少年の頃であったように思う。学校嫌いの引きこもりがちだったその少年は、ある日の夕方、本棚から偶然引っ張り出した一冊の絵本の中で、その不思議な猫に出会った。

毛並みの立派なトラネコである。猫は、物語の中で一言も口をきかない。ただ黙して目の前を通り過ぎていく様々な人々を見守り、最後に涙を流すだけである。有名な絵本であるから、ここでその作品について詳細を述べるつもりはないが、いずれにしても少年の胸に、なにか強烈な印象を残したことは事実であったようで、それ以来、もともと空想癖のあった少年にとって、猫は恰好《かっこう》の話し相手となった。

絵本の中では寡黙な猫が、少年の頭の中では実に闊達《かったつ》な発言者であった。軟弱な少年を、猫は持ち前の毒舌とユーモアを以《もっ》て、揶揄《やゆ》し、皮肉り、叱責した。弱音や愚痴をこぼせば、たちまち「阿呆《あほう》め」と笑い飛ばされたものである。その会話のひとつひとつに不思議なほど立体感があり、猫との会話が独り言となってこぼれ落ちたために、母親がしばしば困惑顔をしていた記憶もある。

今思い返せばそれなりに不気味な小学生であったかもしれないが、この空想癖はその後時とともに一層の磨きがかかり、読書歴を積み上げていくうちに、猫以外にも様々な人物たちと頭の中で語り合うようになっていった。ロマン・ロランが描いた少壮の音楽家や、モーリス・ルブランが生み出した大怪盗、アーシーの偉大な魔法使いなど、皆私にとっては旧知の友であった。

そんな生い立ちが健康的であったかどうかは別として、こういう濃密な時間を積み上げてきた私にとって、本は今でも特別な存在である。

本書の中でも述べたように本には「力」があることを知っている。それも、時代を越えて読み継がれてきた傑作と呼ばれる作品たちには、単純な言葉では表現できない特別な力がある。知識や娯楽としての楽しさはもちろん読書の楽しみのひとつではあるが、そういった即物的なものに収まらない不思議な力を、読書はもたらしてくれる。

本書は、そういう私の本への思いから生まれた作品である。思いは純粋だが、私の性格を反映して、この物語もいくらかひねくれている。よって、紙面を借りて少しばかり解説を加えておこうと思う。

もちろん既に世に出た本に、著者があとから解説をつける行為は蛇足のそしりを免れまいが、本書に限っては、これがもっとも穏当だと判断した。この解説を、私が書かなければ誰かに依頼が行くことになる。心温まる「神様のカルテ」シリーズであるならいざ知らず、毒気と諧謔《かいぎゃく》と皮肉に彩られた本書の解説は、ずいぶんな厄介ごとであり、これを押し付けられた人はさぞかし迷惑するに違いない。人への迷惑は本意ではないから、不本意を本意に転ずるべく、自ら筆を執って紙面を埋めるのである。

なにやら冒頭からひどく回りくどくなってしまったが、とにかく読者にはひとつだけ確かなことを約束する。

この物語には大切なことを書いたということである。

何が大切であるか、本書を書くきっかけとなった思いとともに、少しばかり綴《つづ》ってみようと思う。

人の心が、ささくれだっている。

そんなことを感じ始めたのは、おそらく医師になって十年が過ぎたころではなかっただろうか。以前に比べて、外来に来る患者さんたちの中に、険しい表情をした人が増えたような印象であった。

最初から医師や病院に対して不信感を前面に押し出している人が多くなり、唐突に攻撃的な言動をする人に出逢う機会も増えていた。

診察室に入ってくるなり、「君は何年目の医者だ？」「専門医（の資格）は持っているのか？」など、初対面の大人の会話としては、礼儀の範疇《はんちゅう》を踏み越えた言葉を投げかけられることも珍しいことではなくなっていた。もちろんそういった人々はあくまで少数派ではあるのだが、二十年ほど前の、私が医師になったばかりの頃と比べて、明らかに空気が変化しつつあるように感じられたのである。一方で、医療者の側もまた、かかる事態に対して柔軟に対応できているとは言い難い。山のように同意書を積み上げ、難解なガイドラインで身を固めながらも、なかば共感や理解を諦めているような若い医師の姿も見とめることがある。

「医療不信」という言葉をよく耳にする。これもまたそういった時代の潮流であろうかと嘆息しながら、ふと院外に目を向ければ、不穏な空気は院内だけの話ではない。

医療現場の外側にも、そこかしこに穏やかならざる雰囲気が漂っているようであった。

テレビの向こうでは、大きな影響力を持つ政治家や学者や知識人が、平然と他者を攻撃する言葉を発し、理想を軽んじ、良識を笑い、自己の卑小な主張に汲々《きゆうきゆう》として、余人の意見に耳を傾けない。新聞上には、本来の文脈から切り離されて意味を捻《ね》じ曲《ま》げられた情報の断片が、過激に装飾されてあふれかえり、無闇に人の不安を煽《あお》っている。それを受け取る社会の側もまた、物事を安易に白と黒に塗り分け、答えを急ぎ、出所も明らかでない怪しげな知識に振り回され、立ち止まって考えることをせぬまま大声を上げる人も少なくない。

気が付けば、あちこちに不安や不信が渦巻き、人の心から、優しさや思いやりが失われつつあるように感じられたのである。

もちろん私は、一介の内科医で、社会学者でもなければ政治学者でもない。格別視野を広く持っているわけではなく、日常生活の大半は老朽化した小病院の中で過ごしている。ゆえにこれらの所感は、田舎の勤務医が過労と睡眠不足の末に生み出した勝手な妄想で、実際の世界は愛と調和と慈悲にあふれて円満そのものであるのかもしれない。しかし少なくとも私の目に映る世界は、ずいぶんと殺伐としたものであった。

なぜ殺伐としているのか。

ひとり黙然と考えているうちに、いつのまにかこの物語を書き始めていたのである。

本から多くの大切な事柄を、私は教わってきた。

優しさとはなにか。

価値とはなにか。

正義とはどうあることか。

生きるとはいかなる在り方か。

どれも、くだらない問いだと一笑に付されるかもしれない。

そんなものが何の役に立つのかと呆《あき》れる人もあるかもしれない。

たしかにこういった事柄に対してどれほど考察を深めても、出世の役には立たないし、月給の上昇にもつながらない。勤務医の労働環境を改善してくれるわけではないし、患者の高血圧が治るわけでもない。けれども間違いなく大切な問題である。なぜなら、これらは人間の本性にかかわるものであり、人と人とが互いを理解するために、どうしても向き合わなければならない問いだからである。

今という時代は、まことに変化が激しい。

移り変わりはあまりにも急激で、十年前の常識が通じないのが現代である。私が医学部に入ったころは、医師の呼び出しはポケットベルであったし、テレビはブラウン管であり、新幹線は金沢どころか長野にも開通していなかった。

こういった急速な変化は、利便性という点で日常の生活に次々と革命を起こしてきたかもしれないが、同時に多くの喪失をもたらしてきたように思う。劇的な変化は、すなわち基準の崩壊でもあるからだ。

数年前の常識が、現在の非常識であるという環境において、何が正しくて何が正しくないかということを明確に答えることは容易でない。まして時代は、自由と個性の掛け声のもとに、多様化ばかりが賞賛され、ときには、異常であること、奇抜であることが優れていることであるかのような風潮さえ見られる。

そういった変化の利点も無論あるだろうが、しかし多様性ばかりが称揚されていては、人と人とがわかりあうことはますます困難になるのではないだろうか。皆が、「それぞれの正義」と「それぞれの価値」を掲げて生きて行けば、人は互いを理解し、信頼することができなくなる。無数の正義と価値の乱立は、苛立《いらだ》ちと敵意と衝突に満ちた世界を現出するに違いない。衝突ばかりが繰り返されれば、人はついには無気力になり、理解を断念してしまうかもしれない。

いささか飛躍しているように思われるかもしれないが、最初から露骨な不信感を示している患者や、他者への共感を諦めかけている医療者たちの姿は、そういう荒涼たる景色の一端ではないかと感じられたのである。

かかる時代に何が必要か、と自己に問いかけたとき、私の胸の内に灯《とも》ったかすかな光が、「本」であった。

激しい変化と際限のない多様性に満たされた時代の中で、しかし時を越えて変わらず受け継がれてきた名作といわれる作品たちがある。

今とは常識も生活背景も異なる、はるか過去に書かれた作品が、今も読み継がれているのはなぜか。それはその本の中に、どれほど時代が変化しても、変わっていないもの、変わってはいけないものが書かれているからである。人間の本性にかかわる大切な事柄が記されているのである。

夏目漱石は、今から約百年前の作家である。

携帯電話もインターネットも大腸ポリペクトミーも存在しなかった明治の人である。ほとんど異世界のような過去を生きた作家の作品が、しかし今も読み継がれているのは、百年を越えて我々に訴えかけてくる真実が書かれてあるからだ。

「ナポレオンでも、アレキサンダーでも勝って満足したものは一人もないんだよ」『吾輩《わがはい》は猫である』において、登場人物がそんな言葉を口にしている。激烈な競争社会の中で、当たり前のように弱者が蹴落とされていく今の時代において、その言葉には独特の力がある。

漱石に限らない。

「世の中には、理性では決定できないことが山のようにある」と告げたのはサミュエル・ジョンソンであり、「存在するということは行動することだ」と書き残したのは、サルトルである。

誤解を恐れずに言えば、かかる傑作の内に記されているのは、特殊な正義の主張や、奇抜な価値の提案ではない。異なる時代の人々の心さえ揺さぶる普遍性である。

イワンがアリョーシャに語る神の物語も、スウィフトが残したラピュタの風刺も、ツァラトゥストラの血を吐くような独白も、変化に翻弄される我々に、変わらぬこと、変わってはいけないことを教えてくれる。その変わることのない人間性の大地にしっかりと足をつけたとき、人は初めて、その大地を踏みしめて互いに歩み寄ることができる。すなわち他者に共感し、理解を示すことができると思うのである。

無論時代を越えた作品は読みにくい。

書かれた時代背景が異なれば異なるほど、読み解く行為には苦労が伴う。ゆえに、ただでさえ時間に追われている現代社会では、敢《あ》えて難解な過去の傑作を手に取る読者の数は確実に減少しつつある。けれども読みやすい本ばかり読んでいては見える景色は知れている。読みよい本をたくさん読んでいれば、いずれ自然に傑作が読めるようになるわけでもない。高尾山や六甲山をいくら登っても、槍《やり》ヶ岳《たけ》の絶景にはたどりつけない。無論、高尾山に魅力がないわけではないし、六甲は大阪生まれの私にとっては真実親しみのある山である。しかし槍ヶ岳の頂上まで登らなければ、どうしても目にすることのできない景色がある。先に述べた、人間の本性に触れる真実、時代を越える普遍性という絶景である。

流行《はや》りのベストセラーも良い。「神様のカルテ」を読んでもらえるのは、大変にありがたい。けれども、時にはトルストイやカミュや遠藤周作を、ゲーテやダンテや漱石を、多くの人に手に取ってもらいたいと思う。特に若い世代の人々に、覚悟と忍耐と努力をリュックに詰め込んで、読書の三千メートル峰に挑んでほしいと心から願っている。

本書には、世界中の名だたる名作の名を鏤《ちりば》めておいた。いずれも私自身が多くを教えられた作品である。具体的な書籍名だけでも、世界九カ国、二十作品以上にのぼる。明確な名は書いていないが、何気ない景色や会話の中にも、多くの作家や作品へのオマージュやパロディを織り込んでいる。

トラネコの出自については冒頭で簡単ながら触れた。主人公の少年の名は、言うまでもなく日本の二大文豪にちなんだものである。主人公の祖父が、私の好きなコーヒーではなく紅茶を好んでいたことには意味があるし、夏木書店の書棚の中で、ヴォルテールの隣にジョンソン伝があることも偶然ではない。炯眼《けいがん》の読者は、本書の目次を一目見て、ある傑作小説を思い浮かべたかもしれない。そんな博識の読者は冒頭の一文に進んで、すぐにその直感が正しいことを確信するに違いない。

そんな風に、本書には本を愛する人たちが楽しめる仕掛けを、あちこちにひそませてある。だがもちろん、そんなものに気が付かなくても問題ない。むしろそんなことに注意を払っていては、物語を楽しむこともできない。百戦錬磨の読者家も、通りすがりに本書を手に取っただけの通行人も、気楽に少年と猫の冒険に身を任せてくれればそれでよい。

ただ、本書を読み終えた読者の幾人かが、これをきっかけとして、いささか難解と言われる名作を手に取ってくれれば、これこそまさに私の策略の成功ということとなのである。

まとまりのない解説になったが、まとめざるを得ない字数に達してきた。

最後に、謝辞を記して本稿を終えたい。

第一に、唐突であるが、同じ病院で働いている外科のK先生に謝意を伝えたい。K先生は、私よりちょうど一回り年配のベテランの外科医である。医局の机は二つ隣で、毎日のように症例から雑談まで様々な話題について会話をする。先日研修医には、「手術の是非はカンファレンスではなくあのふたりの雑談で決まっている」などと言われたが、話題の多くは手術の是非などではなく、道徳や倫理や信頼や良心といった事柄だ。五十代の外科医と四十代の内科医が、真剣な顔で「人の優しさ」について言葉を交わしている景色は特異なものかもしれないが、私にとってはこの上なく貴重な時間であり、本書を書き綴る上でも多くのヒントを与えてくれた。今もまだ、私が愚痴と皮肉をこぼしながらも、医療の最前線に踏みとどまっていられるのは、K先生からの薫陶に負うところが大きい。

第二に、本書の表紙を飾ってくださった宮崎ひかりさんに、心からお礼を申し上げたい。初めて装画を目にしたときの衝撃を私は今もはっきりと覚えている。このひと癖もふた癖もある奇妙な物語が、地道に版を重ね、たくさんの人々の手に届く栄誉を浴した理由の大きな部分が、この魅力的な装画のおかげであることは疑いない。

第三に台湾のEmily Publishing Company Ltd.のエミリー編集長に感謝をお伝えしたい。彼女は、発刊早期から格別の熱意をもって本書を支援し、世界中の出版社にプロモーションを敢行してくれた。この小さな物語が、英語、フランス語、ドイツ語、ロシア語をはじめとして世界三十五カ国以上の言語に翻訳されていったことは、彼女の特別な支援の賜物であることを明記しておく。

最後に、本書を世に送り出してくれた編集者の幾野さんに謝辞を捧げたい。本書はもともと世に出ることなく消える定めにあった。そんな枯れかけた蕾《つぼみ》に目を止め、忍耐強く水をやり、いつのまにやら小さな花を咲かせてくれたのは、「神様のカルテ」以来の盟友と言ってよい、かの辣腕の編集者なのである。

本来ならかかる謝辞の最後には、妻に対する感謝の言葉を記して締めくくるものかもしれないが、家族への礼など家の中で相手の顔を見て言うもので、わざわざ活字にして余人に見せびらかすものではないから割愛する。

いずれにしても本書が読者の手に届いたのだとすれば、実に多くの偶然と助力と幸運とによるものである。

本書は、読み手の年齢や経験、立場や環境によって、大きく印象を変える。ファンタジーであるのか、ライトノベルであるのか、風刺か、社会派か、青春小説か、読み方は何でもよい。ただ、目まぐるしく変化する世界の中で、一度立ち止まって考える端緒となればありがたい。

プラトンは名著『クリトン』の中でソクラテスの台詞《せりふ》としてこんな言葉を残している。

「一番大切なことは、単に生きることではなく、善く生きることである」

美しい言葉だと思う。

そして切実な問いを含んだ言葉でもあると思う。

その切実な問いに、本は「答え」を与えてくれるわけではない。

けれども答えを見つけるための「道しるべ」は、きっと示してくれるに違いない。

（なつかわ・そうすけ／医師、作家）

※この作品はフィクションであり、登場する人物・団体・事件等は、すべて架空のものです。

本書のプロフィール

本書は、二〇一七年二月に、小社より単行本として刊行された作品を加筆修正し文庫化したものです。

小学館文庫

本《ほん》を守《まも》ろうとする猫《ねこ》の話《はなし》

著者 夏川草介《なつかわそうすけ》

二〇二二年九月十一日 初版第一刷発行
二〇二四年七月三十一日 第十刷発行

発行人 庄野 樹
発行所 株式会社 小学館
〒一〇一-八〇〇一
東京都千代田区一ツ橋二-三-一
電話 編集〇三-三二三〇-五九五九
販売〇三-五二八一-三五五五
印刷所——大日本印刷株式会社

この文庫の詳しい内容はインターネットで24時間ご覧になれます。
小学館公式ホームページ https://www.shogakukan.co.jp

ISBN978-4-09-406684-5